여기,
우리 집에서

김서나경 장편소설

버스 정류장.

이곳은 금방 떠날 사람들이 잠시 머물고

서로가 서로를 지나쳐 가는 곳이다.

아무도 서로에게 신경 쓰지 않았고 나 또한 마찬가지였다.

그래서 이곳이 좋았다.

비가 오고 싹이 돋고, 잎사귀가 우거지고, 마침내 낙엽이 지듯이

버스도 그때나 지금이나 순환한다.

현관에서 신발을 벗는데 이모의 목소리가 들렸다.

"왜 이렇게 늦었어? 기다리다가 우리 먼저 먹었어."

생각보다 버스 정류장에 오래 앉아 있었던 모양이다.

나는 벗은 신발을 현관 한쪽에다 가지런히 놓고 거실을 가로질러 부엌으로 향했다.

이모부와 서준이가 식탁에 앉아 저녁 식사를 하고 있었다. 돌아보는 이모부를 향해 가볍게 목례했다. 이모는 밥솥에서 내 몫의 밥을 푸고 있었다.

"이모, 나 안 먹고 싶은데."

허기를 느꼈지만 어쩐지 먹고 싶지 않았다.

"때가 되면 먹어야지, 무슨 소리야. 손 씻고 와서 앉아."

"찜닭 맛있어, 우리야."

이모부도 옆에서 거들었다. 나는 더 말하지 않고 화장실로 향했다. 거울 속의 나는 볼이 빨갰다. 찬물에 씻은 손을 볼에 댔다. 손도 차고 볼도 차서 의미가 없었다.

서준이 옆에 앉았다. 갑자기 서준이가 말했다.

"아빠랑 나는 다음 달에 가고 엄마랑 누나는 언제 간다고?"

이모부는 서준이 말에 여상하게 대꾸했다.

"여름방학 때."

이모가 내 앞에 수저와 밥그릇을 내려놓았다. 내가 이모를 보며 물었다.

"어딜?"

"싱가포르."

이모가 준 밥에서 하얀 김이 피어올랐다. 나는 붉게 언 손으로 하얀 밥을 한 술 뜬 뒤에 후, 했다. 밥을 넣자 목구멍 안으로 퍼지는 뜨거운 기운이 낯설었다.

따뜻한 집, 갓 지은 밥, 식탁에 둘러앉아 다정한 눈빛을 주고받는 이모네 가족. 안온한 이곳에 어울리지 않게 아직도 붉게 얼어 있는 나.

나는 여름이 되면 싱가포르로 떠난다.

● ● ● 싱가포르

지난가을, 이모는 어색한 웃음을 지으며 내 방 침대에 앉았다. 특별히 할 말이 있다는 뜻이었다. 보통은 방 밖으로 불러냈다. 이모는 한동안 입을 열지 않고 그저 나를 보았다. 이모의 얼굴을 마주 보는데 가슴이 두근거렸다. 나는 작은 일에도 쉽게 긴장했다.

"너도 알잖아. 이모부가 싱가포르로 출장 자주 갔던 거?"

나는 대꾸 없이 고개만 끄덕였다.

"이모부한테 좋은 제안이 들어왔거든. 그래서 싱가포르에 가서 살아 볼까 하는데, 넌 어때?"

"이민이야?"

이모가 머리를 흔들었다.

"아직은 아니야. 일단 가서 살아 보고 결정하려고. 이모부랑 서준이는 겨울방학 때 먼저 들어가고, 너는 여름방학 하면 그때 나랑 같이 가자.”

“나도?”

이모가 눈을 동그랗게 떴다.

“그럼. 너도 같이 가야지.”

내가 남의 이야기를 들은 듯 고개만 주억거리자, 이모가 어깨를 탁 쳤다.

“당연히 같이 가는 거야.”

나를 제외시키지 않는 것, 그건 감사히 여겨야 할 일이었다. 내가 다시 고개를 끄덕였다.

“네가 내년에 고2라서 고민하긴 했는데, 거기 가서 어학 하고 대학 가면 될 거야. 일부러 유학도 가잖아.”

맞다. 일부러 유학도 간다. 갑작스럽지만 유학이라니, 멋진 것 같았다. 어차피 이곳은 구질구질했다.

“이 집도 팔겠네?”

“그래야겠지? 잠시 다니러 가는 건 아니니까.”

방 안을 휘 둘러보았다. 흐트러진 곳 없이 깨끗하게 정리된 이 방에서 열두 살 때부터 이제껏 5년 넘게 살았다. 내년이면 6년째로 접어들 테고…… 6년을 살고 다시 또 떠나는 것이다. 여름이와 아빠로부터도 더 멀어지는 것이다. 완전히 낯선 곳에 가면 여기에서와는 다른 생각을 하며 살 수 있을지도 모른다. 적어도 그런 기회가 생기는 것이고 그건 잘된 일이다.

"왜? 여름이 생각나?"

이모 말에 어깨가 펄쩍 뛰어 민망했다. 나는 서둘러 고개를 흔들며 애써 웃었다.

"갑자기 여름이는 왜?"

이모가 불현듯 자세를 고쳐 앉았다.

"진짜 생각 안 했어?"

나는 세차게 고개를 끄덕였다. 절대 여름이를 생각한 적 없다는 듯이. 이모가 픽 웃더니 나를 향해 팔을 벌렸다. 의자에서 일어나 이모 앞으로 다가갔다. 이모가 내 허리께를 힘껏 끌어안았다.

"거기 가서도 지금처럼 지내면 돼. 우리 집에서 모두 함께. 행복하게."

나는 침대에 앉아 있는 이모의 정수리를 내려다보았다.

이모의 흰 머리카락을 셀 수 있을 것 같았다.

해가 바뀌어 3월이 되었다. 서준이와 이모부는 2월이 되자마자 싱가포르로 떠났다. 두 사람을 보낸 뒤에 이모는 몇 달간의 휴가를 얻은 듯 홀가분해하며 맥주 캔을 땄다.

"당분간 챙길 사람이 두 사람이나 줄었어."

이모의 말에 나는 다행스럽기도 했고 미안하기도 했다. 내가 아니었다면 이모도 같이 가지 않았을까? 나와 이렇게 남은 게 정말 좋을까? 이모는 내가 가지 않아야 홀가분하지 않을까? 내가 정말 같이 가도 되는 걸까? 불시에 몸을 키운 생각들이 뫼비우스의 띠처럼 끝없이 이어지며 머릿속을 휘저었다. 싱가포르에 함께 가지 않으면 나는 또 집을 잃을 것이다.

느긋하게 맥주를 홀짝이는 이모가 나를 향해 빙긋 웃었다. 머릿속을 휘젓는 생각을 숨기며 나도 웃었다. 아마 멍청해 보였을 것이다.

마음을 숨기는 건 학교에서도 마찬가지였다. 특히 학기가 시작되는 3월은 그런 달이었다. 친구를 찾고 속할 무리를 찾느라 서로의 마음을 내보이지 않고 끊임없이 탐색하는 시간. 나는 2학년 4반에 배정되었다. 내가 속한 반에는 서른 명 남짓한 여자아이들이 있었고, 대부분 모르는 아이들이었다. 내 옆에 앉은 애도 처음 봤다. 의자에 어색하게 앉아 교실을 둘러보는데 눈이 교실 한쪽으로 향했다. 역시나 낯선 얼굴들이 저들끼리만 아는 이야기를 거리낌 없이 주고받고 있었다. 내가 모르는 말들은 시끄러웠다. 소란한 가운데에 반복해 들리는 이름이 있었다. 산경아, 오, 이산경, 너도 4반 됐네! 아이들은 교실 앞문을 열고 오면서 뒷문을 연 채로 이산경의 이름을 불러 댔다. 자신이 몇 반인 지는 진즉에 알았을 텐데도 이제 막 서로 같은 반이 되었다는 사실을 안 것처럼 기뻐했다. 이산경은 제 이름이 불릴 때마다 얼굴 가득 웃음 지으며 손을 흔들었다. 어떤 애와는 두 손을 맞잡고 트램펄린이라도 하듯 방방 뛰었다. 소란의 중심은 이산경이었고 그건 이산경이 2학년 4반의 인싸라는 의미였다. 나는 고개를 돌렸다. 친해질 일 없는 애였다.

"쟤가 이산경이구나."

옆에 앉은 애가 중얼거렸다.

"이름만 들었지 얼굴은 처음 본다."

혼잣말인지 나한테 하는 말인지 헷갈렸다. 이산경은 키가 크고 머리카락이 어깨에서 찰랑거렸다. 특별히 눈에 띄는 외모는 아니었다.

"넌 이름이 뭐야?"

"나?"

놀란 내가 되묻자 그 애가 고개를 끄덕였다.

"나, 나는……."

어려운 질문이 아닌데 바로 답이 나오지 않았다. 갑작스러워서였다. 나는 순발력도 재치도 없다.

"나는 김세연. 너는?"

김세연이 다시 물었다.

"나는 한봄."

이모는 나를 '우리'라고 부르지만 학교에서 내 이름은 한봄이다. '우리'는 얼굴도 기억나지 않는 친아빠가 지어 준 이름이고 '한봄'은 6년 전까지 같이 살았던 아빠가 지어 준 이름이다.

"이름 예쁘다."

그때 교실 문이 열렸다. 담임선생님의 등장에 이산경과 무리들이 환호했다. 선생님은 환호에 쑥스러워하면서도 즐거워했다.

"쟤는 뭘 해도 눈에 띈다. 그치?"

김세연이 이산경을 돌아본 뒤에 물었다. 왜 다들 이산경을 신경 쓰는 걸까. 나도 괜히 그쪽을 다시 돌아보았다. 이산경의 책상은 어지러웠다. 가방에 있던 것들을 한꺼번에 쏟아 놓은 것만 같았다. 나도 모르게 얼굴을 찌푸렸다.

"시끄럽고."

"그러게."

동조가 쉽게 나왔다. 순간 김세연이 나를 향해 반짝 웃었다. 의외와 반가움이 섞여 있는 웃음. 이런 표정에 어떤 얼굴을 해야 하는지 알고 있었다. 나는 정해진 답을 내놓듯 세연을 향해 입꼬리를 올렸다. 그런 와중에도 어떤 목소리가 들렸다. '여름이 되면 여길 떠날 거잖아. 그때까지는 그냥 교실 뒤편의 거울이나

시계처럼 머물다 가.'

남을 관찰하는 오래된 습관이 수업 시간 틈틈이, 쉬는 시간에도 김세연을 살피게 했다. 악스트로 도배된 필통, 연습장, 다이어리, 손거울, 휴대폰을 보고 악스트 팬이라는 걸 쉽게 알 수 있었다. 쉬는 시간에 찾아오는 친구가 없는 걸로 봐서는 나처럼 같이 다니는 친구는 따로 없는 것 같았다. 그러면 급식을 같이 먹을 사람도 없다는 건데.

아니나 다를까. 점심시간을 알리는 종이 울리자, 김세연이 먼저 말했다.

"급식 같이 먹을래?"

나는 그래, 하면서 자리에서 일어섰다.

서로 어색한 사람들이 그러듯 우리는 조금 떨어진 채로 복도를 걸었고, 급식을 받아 마주 앉았다. 반찬으로 나온 메추리알 장조림이 젓가락에서 자꾸 미끄러지자, 김세연이 한마디 했다.

"숟가락으로 해."

나는 숟가락으로 메추리알을 떴다. 김세연은 그런 나를 보며 또 웃었다.

"너 혹시 악스트 좋아해?"

나는 메추리알 장조림과 밥을 우물거리며 고개를 흔들었다.

잠시 침묵이 이어지다 김세연이 다시 말했다.

“나는 엄청 좋아해.”

이번에는 아주 활짝 웃었는데, 제가 한 말과 한 치의 어긋남도 없는 표정이었다. 나는 여전히 입이 불룩한 채로 고개만 끄덕였다. 김세연은 그때부터 악스트의 이야기를 쏟아 내기 시작했다. 나는 악스트가 누군지는 알지만 주변에 악스트 팬은 없었다. 김세연이 제 SNS는 악스트로 도배되어 있고, 매일 전곡을 스트리밍을 해야 함은 물론, 엄마 아빠의 명의로도 스트리밍을 해 놓았을 뿐 아니라 모든 굿즈도 다 사 놓고, 여러 시리즈 중 하나는 카드가 없는데 그걸 사기 위해 지금 돈을 모으고 있다는 긴 이야기를 했다. 좋아하는 것에 대해 서슴없이 말하는 모습이 신기했고 보기 좋았다. 즐기는 것 같았고 그래서 행복해 보였다. 거기에 나도 뭔가 보태야 할 것 같았다.

“악스트 한번 들어 볼게.”

“진짜!”

김세연은 별것도 아닌 나의 말에 감동이라도 받은 듯이 듬뿍 웃었다. 나를 향한 듬뿍한 웃음은 오랜만이었다.

● ● ● 버스 정류장

몇 주가 지났다.

간호사였던 이모는 지난주를 끝으로 일을 관두었다. 본격적으로 이곳 살림을 정리하기 위해서였다. 불려 다녀야 할 곳이 많았고, 해결해야 할 일이 많다고 했다. 그래도 대학병원의 3교대 간호사로 일할 때보다는 한결 여유 있어 보였다.

이모가 학교까지 태워 주는 것 또한 여유가 있을 때나 가능했는데 이번 주만 해도 벌써 두 번째였다. 그 바람에 오늘도 평소보다 일찍 학교에 왔다. 등교한 애들은 김세연을 비롯해 몇 명 없었다. 그 가운데 이산경이 도드라져 보였다.

이산경은 새 학기의 이튿날부터 지각해서 선생님에게 지적을 받았다. 이후에도 지각을 자주 해 며칠 전엔 선생님한테 최후통첩 같은 경고를 받았다. 하지만 헤실거리면서 농담하는 것으로

위기를 넘겼다. 제가 잘못을 했으면서도 다른 아이들까지 웃게 하며 반 분위기를 유쾌하게 만드는 이산경을 보면서 내 것일 리 없는 뿌듯함이 일렁여서 낯설었다.

드물게 일찍 온 이산경은 엎드려 자고 있었다.

"한봄!"

김세연이 나를 발견하고 손을 흔들었다. 나도 모르게 따라 손을 들었다.

나는 몇 주 사이 고2를 무사히 시작한 기분에 젖어 들었다. 남은 학교생활을 하는 동안 급식 메이트뿐만 아니라 함께 다닐 애가 생긴 거였으니까. 관심이 없어도 김세연의 그 긴 이야기를 들은 것은 잘한 일이었다.

나는 김세연에게 말한 대로 악스트의 트랙을 전부 들었다. 그리고 검색도 했다. 외모도 음악도 내 취향은 아니었다. 그래도 들었으니 알은척은 할 수 있었다. 김세연과 나눌 말들은 그런 것이고, 그건 김세연 입장에서 꽤 중요해 보였다.

"내 SNS 본 적 있어?"

나는 가방에서 문제집과 교과서, 노트 들을 차례로 꺼내며 고개를 흔들었다.

"넌 그것도 안 하면 뭐 해. 맨날 공부만 하냐?"

김세연이 내가 꺼낸 노트를 이리저리 넘겨 보면서 말했다.

“내가 전교 1등도 아니고 맨날 공부만 하겠어. 악스트도 듣잖아.”

“그리고?”

내가 멀뚱히 김세연을 보았다.

“또 뭐 하면서 시간 보내냐고.”

“그냥, 아무것도 안 해.”

사실 나는 가끔 키링을 만들었다. 손바느질로 만든 작은 인형으로. 하지만 그런 말까지는 하고 싶지 않았다.

“근데 너 필기 진짜 장난 아닌데?”

김세연이 다른 노트도 넘겨 보면서 말했다.

“이야. 열심히 필기한다 싶었지만 이 정도인 줄은.”

나는 왠지 모르게 부끄러워 김세연이 들고 있는 노트를 슬그머니 덮었다. 김세연이 그제야 고개를 들어 나를 보았다. 눈을 휘둥그레 뜨고서.

“진짜, 와!”

그때였다.

“누가, 누가 필기를 잘하는데?”

목소리의 주인공은 이산경이었다.

“너야? 아님 너?”

이산경이 우리 자리로 성큼성큼 다가오고 있었다.

"아, 봄이. 봄이가 필기를 엄청 잘해."

어느 틈에 가까이 온 이산경이 책상 위의 노트들을 내려다보았다.

"좀 봐도 돼?"

이산경이 나를 향해 물었다. 나는 얼결에 고개를 끄덕였다.

"이야. 정말 한눈에 알아보게 정리 잘했다. 난 내가 쓴 글자들도 못 알아볼 때가 많거든."

나는 김세연을 보았다. 김세연도 나를 보았다. 김세연이 영문을 모르겠단 얼굴로 어깨를 으쓱했다.

"이거 좀 빌려도 돼?"

시선을 돌려 이산경을 쳐다보았다. 이산경이 우리 반 인싸이기는 하지만, 모르는 애나 마찬가지였다. 내 물건이 아무리 하찮아도 모르는 애한테 가 있는 건 별로 내키지 않았다. 그러나 매일 학교에서 볼 아이이고, 거절하면 이산경의 마음이 상할지도 몰랐다. 나는 어 그래, 하고 답했다.

이산경은 눈을 동그랗게 뜨고 감격이라도 한 것 같은 얼굴로 고마워, 했다. 내 노란 영어 노트를 품에 안고 가더니 여전히 어지러운 제 책상 위에서 다시 펼쳤다. 나는 눈살을 찌푸렸다.

"괜찮아?"

김세연이 내 눈앞에 손을 흔들었다.

“어, 어.”

“미안. 나 때문에 괜히.”

김세연이 조심스레 말했다.

“괜찮아.”

나는 아무렇지도 않은 척 대꾸하고는 가방에서 꺼낸 책과 문제집, 노트 들을 다시 책상 서랍으로 밀어 넣었다. 가방에서 휴대용 물티슈도 꺼내 책상까지 한번 닦았다. 그러고 나니 어수선해진 마음이 좀 나아지는 것 같았다.

아침 자율학습의 시작을 알리는 종이 울렸다. 나는 수학 문제집을 꺼냈다.

“근데 너 게임도 안 해?”

김세연이 목소리를 줄인 채 뜬금없는 소리를 했다.

“뭐?”

“아니, 평소에 말이야. 아무것도 안 한다며?”

김세연은 아까 했던 이야기를 계속하고 싶은 모양이었다. 나는 문제집을 펼치면서 고개를 끄덕였다.

“뭐야, 좀빈데?”

김세연은 소리를 죽인 채 킥킥거렸다.

“그런가?”

슬몃슬몃 웃음이 났다.

"우리 악스트 오빠들 앨범 다 들었댔지?"

"응."

"그런데도 좀비처럼 지낸다고? 말도 안 돼."

네게 유효한 것이 내게도 유효하고, 그래서 당연한 것들이 같아지는 지점에서 우리는 서로의 필요를 넘어 진짜 친구가 될 수 있을 테지만 그런 일은 없을 것이다. 내게는 마음도, 시간도 부족했다.

김세연은 그리고도 왜 악스트가 대단한지 한참을 소곤거렸다. 네가 뭘 몰라서 그런 거라며 나를 설득시키려 했다. 김세연이 너무 실망하지는 않도록 얼마간은 조금 놀라면서, 얼마간은 몰랐다고 반응하며 조용히 이야기를 들었다. 이야기가 끝났을 땐 아침 자율학습 시간의 반이 날아가 있었다.

하교 후에 학원으로 향했다. 학원은 집으로 가는 길에 있다. 영어와 수학 학원 모두 집 근처에 있었다. 이모는 번화가에 더 크고 유명한 학원에 보내 줄 수 있다고 했지만, 나는 그런 곳에 다니고 싶지 않았다. 이모한테 너무 큰 부담을 지우는 것 같아 집 근처 학원이면 충분하다고 했다.

사실은 학원 같은 곳엔 다니고 싶지 않았다. 그러나 그런 말을 꺼냈다가 이모가 되레 불안해하는 걸 안 뒤로 집 근처의 학원으로 절충했다. 이모는 내가 다른 애들과 겉으로라도 비슷하게 지내야 마음이 편한 것 같았다. 그러니까 집 근처 학원이라는 절충안이 내게는 최선이었다. 최선을 다하는 것은 언제나 버거웠다. 그러나 귓가에 들리는 목소리가 있었다. '하기 싫은 것도 해야 해. 참아야 한다고.' 엄마가 내게 그런 말을 했을 리가 없다. 엄마가 급성 폐암으로 죽은 지 올해로 7년째이고, 엄마가 죽을 때의 나는 아직 어린아이였다. 그럼 이런 소리는 도대체 어디서 들려오는 걸까.

학원 가는 길에 있는 버스 정류장의 벤치에 풀썩 앉았다.

나는 자주 이곳에 앉아 있는다. 이곳은 금방 떠날 사람들이 잠시 머무는 곳이고 서로가 서로를 지나쳐 가는 곳이다. 아무도 서로에게 신경 쓰지 않았고 나 또한 마찬가지였다. 그래서 이곳이 좋았다. 편했다. 버스는 엄마가 죽기 전에도, 죽은 뒤에도 사람들을 태우거나 뱉어 놓고 떠났다. 비가 오고 싹이 돋고, 잎사귀가 우거지고, 마침내 낙엽이 지듯이 버스도 그때나 지금이나 순환한다. 엄마는 그 순환 속으로 들어간 것이다. 그 사실을 되새기면 뭐, 괜찮다.

김세연이 좋아하는 악스트 멤버들의 광고판이 붙은 버스가 이제 막 떠나고, 또 다른 버스가 꼬리를 잇듯 와서 섰다. 익숙한 매연, 더 크게 들이쉬는 숨. 버스의 앞문과 뒷문이 동시에 요란

하게 열렸지만 버스에서는 아무도 내리지 않았다. 그때, 어디에 있었는지 모를 네댓 사람들이 갑자기 우르르 뛰어왔고 줄이 생겼다. 나는 하릴없이 줄을 선 사람들의 면면을 보았다. 그런데 맨 뒤에 선 사람이 눈에 익었다. 이산경이었다. 이산경은 막 뛰어와서 숨을 헉헉거렸다. 갑작스레 발견해서일까. 시선이 떨어지지 않았다. 이제껏 여기서 이산경을 본 적은 없었다.

어느새 차례가 된 이산경이 한쪽 발을 버스 안으로 뻗었다. 이산경의 가방이 반쯤 열려 있었다. 안의 내용물도 다 보였다. 내 노란 노트까지. 내가 빌려준 노트가 다른 것들과 함께 금방이라도 가방 밖으로 쏟아질 것만 같았다. 어떻게 저렇게 되도록 모를 수가 있지. 아니, 일단 저걸 닫아 줘야 하는데……. 나도 모르게 몸을 일으켰다. 내 노트가 길바닥에 너절하게 흩뿌려지는 것은 보고 싶지 않았다. 그럴 바엔 다시 달라고 하는 게 나을 것 같았다. 나는 뛰었다. 버스 앞문이 반쯤 닫혔다가 다시 열렸다.

버스는 내가 올라타자마자 곧바로 출발했다.

교통 카드를 꺼내 요금을 내는 사이 이산경은 벌써 자리에 앉아 입을 한껏 벌리고 있던 제 가방을 닫고 있었다. 가방이 열렸다고, 한마디 해 주면 될 일이었다는 생각이 뒤늦게 들었다. 버스가 어느새 속도를 높이고 있었다. 나는 혼자 민망해져서 서둘러 이산경을 지나쳐 앉을 자리를 찾았다. 다행히 버스 뒤쪽에 자리가 있었다. 휘청거리며 빈자리를 찾아 앉았다. 차창 밖으로 낮익은 건물들이 빠르게 지나갔다. 그제야 학원에 가던 길이었다는 게 떠올랐다. 한숨이 났다.

하차 버튼을 누르고 다음 정류장에서 내리면 된다. 한 정거장 걷는 일이야 대수롭지 않으니까. 나는 창문 옆에 달린 하차 버튼을 누르려다 그만두었다. 버스는 점점 우리 동네를 벗어나고 있었다. 학교든 학원이든 걸어 다닐 수 있는 데다 멀리 갈 때는 이모 차를 타서인지 버스 탈 일이 별로 없었다. 매번 정류장에 앉아 있기만 했지 실제로 타 본 적은 거의 없기도 했고. 이왕 탔으니 그대로 가 보는 것도 나쁘지 않을 것 같았다.

학원은, 오늘만 빠지지 뭐. 이모에게 오늘 학원에 빠진다고 하면 깜짝 놀랄지도 모른다. 어쩐 일로 학원엘 다 빠지냐고. 교대 근무로 일찍 퇴근한 이모가 학원은 가지 말고 같이 영화나 보러 가자고 해도 나는 고개를 저었다. 일찍 퇴근했을 뿐, 일을 하지 않고 온 게 아닌 이모가 나를 위해 그런다는 것을 모르지 않았다. 그러므로 학원은 더 빠질 수 없었다.

이모에게 메시지를 보냈다.

이모, 나 오늘 학원 빠지고 친구랑 좀 놀다가 갈 거야.

거짓말이지만 그럴싸했다.

버스는 이제 도시의 경계도 벗어나고 있었다. 이 버스가 그렇게 멀리 가는 거였나? 차창에 붙어 있는 노선표를 보니 내가 사는 관해시 옆 동네인 자전시까지 오가는 간선버스였다. 자전시에도 가는구나. 나는 고개를 들어 이산경을 보았다. 하나로 질끈 묶은 머리카락이 뒷덜미에서 흔들렸다. 쟤는 어디까지 가는 걸까. 혹시 자전시에 사는 걸까? 그런 거라면 등하교 때 버스를 오래 탔겠구나. 그래서 지각을……. 자주 지각하는 이산경을 보고 속으로 좀 한심하게 생각했었다. 누구도 함부로 판단하면 안 되는데. 나는 혼자서 미안해졌다.

그때 버스가 정차했다. 자전시 초입에 있는 정류장이었다. 몇몇 사람들이 내리고 그만큼의 사람들이 버스에 올랐다. 그리고 내 옆의 빈자리에 누군가 앉았다. 나는 옆 사람과 닿지 않으려고 몸을 반대쪽으로 더 움직였다.

"한봄?"

고개를 돌렸다. 이산경이다.

"너도 버스 타고 다녀? 자전시에서?"

아니다. 나는 관해시에 살고, 내가 사는 집은 학교에서 걸어서 10분 거리다. 그래서 이 버스는 탈 필요가 없는데 네 가방이 열려 있었고, 내 노트가 떨어질까 봐 가방을 닫아 주고 싶어서 충동적으로 탄 건데 이왕 탄 김에 좀 더 타 보고 싶어서 내리지 않은 거다……. 이렇게 구구절절 말할 수는 없었다. 그래서 간단히 머리를 흔들었다.

"그런데 왜? 뭐야, 너 나 따라 탄 거야?"

당황스러워서 말을 버벅거렸다.

"아, 그게, 그냥."

"심심했네."

"어, 뭐……."

학원까지 빠지고 탔다고 하면 더 이상해질 것 같아 말을 고르는 사이 이산경이 다시 물었다.

"너 학원 같은 덴 안 다녀?"

"아니, 다니는데."

생각한 것과 반대로 말하다니, 나는 정말 멍청했다.

"학원까지 빠지고 날 따라 탄 거네? 오!"

이산경은 뭐가 그렇게 웃긴지 싱글댔다.

"아니, 그게 아니라."

"아니야?"

이산경이 확인하듯 물었다. 나는 고개를 끄덕거렸다. 이산경이 한쪽 입꼬리를 씩 올렸다. 그러고는 왼손을 뻗어 하차 버튼을 눌렀다. 삐―익! 생각보다 소리가 커서 깜짝 놀랐다.

“나 이제 내려.”

나는 멀뚱히 이산경을 보기만 했다. 그래서 어쩌라고?

“나 이제 내린다고. 그럼 넌 어떻게 할 건데?”

나는 이 버스를 타다 다시 집으로 돌아갈 거야. 아주 간단한 말인데도 입에서 나오지 않았다.

버스가 속도를 점점 줄였다. 이산경이 자리에서 일어나 좌석 손잡이를 잡은 채 내 옆에 섰다.

“배 안 고파?”

지금 배고플 정신이 어디 있나. 빨리 얘가 눈앞에서 사라졌으면 좋겠다. 나는 별 관심 없다는 듯 얼굴을 살짝 내저었다. 그리고 창밖을 보았다. 이산경이 내 어깨를 톡톡 쳤다.

“너 내가 핑계 만들어 주는 거잖아. 배고프다고 해야지.”

이산경이 또 실실 웃으며 말했다.

“우리 집에 가자. 내가 라면 끓여 줄게.”

난데없는 말에 어안이 벙벙했다.

“아니면 네 노트 빌린 값이라고 생각해.”

내가 멍하니 쳐다보고만 있자, 이산경이 다시 말했다.

“뭐 해, 안 일어나고.”

● ● ● 이산경의 집

나는 버스에서 내린 뒤 한동안 발을 뗄 수 없었다.

자전시에 왔다.

버스에서 내리고서야 이곳이 자전시라는 것을, 그것도 내 발로 왔다는 것을 의식했다. 6년 만에 자전시에 왔다. 아까 버스 노선표를 본 뒤부터 나는 자전시에 내릴 생각을 했는지도 모른다. 이산경과 함께일 거라는 예상은 할 수 없었지만.

"봄아?"

먼저 정류장을 벗어나 앞서 걷던 이산경이 아직도 제자리인 나를 불렀다.

이모 집에 오기 전까지 나는 자전시에서 살았다. 이모 집에 살기 시작한 뒤로는 일부러라도 자전시에 가지 않았다. 이모는 자전시가 세상에 없는 것처럼 굴었다. 나도 이모를 따라 그렇게 여겼다. 그래야 되는 줄 알았다.

"뭘 그렇게 봐."

이산경은 내가 한참 동안 움직이지 않자 내 쪽으로 다가왔다. 그리고 내가 무엇을 보고 있는지 살폈고 내 시선을 그대로 좇았다. 곧 어깨를 으쓱거렸다. 이산경은 당연히 아무것도 알 수 없었을 것이다. 내가 어딜 보고 있는지 나도 몰랐으니까.

"가자."

이산경이 내 팔을 끌었다.

걷는 동안, 지나치는 모든 건물을 자세히 보았다. 사람들이 오가면 얼굴들 하나하나에 눈길을 주었다. 여기는 자전시이고 우리 가족이 한때 살았던 도시였다. 건물들 어딘가에, 사람들 사이 어딘가에 엄마와 여름이, 아빠가 함께했던 흔적이 있을지도 몰랐다. 그런데 우리가 이곳에 온 적이 있을까? 기억나지 않았다. 나는 사실 이 동네가 어디인지도 모른다.

여름이면 싱가포르에 갈 테고, 그러면 다시는 볼 수 없을지도 모르니까 한 번쯤은 만나도 되지 않을까. 있는지도 몰랐던 마음이 불시에 얼굴을 내밀었다. 처음 본 얼굴에 당황했다. 그 바람에 앞서 걷던 이산경의 어깨에 부딪히고 말았다.

"너 아까부터 왜 그래?"

내가 아무 대답도 하지 않자, 이선경이 다시 물었다.

"여기 와 본 적 있어?"

나는 머리를 저었다. 모르겠어. 기억이 안 나.

"너 학교에서랑은 좀 다르다."

이산경을 보았다.

"지금 너 무서워."

갑자기 내가 무섭다니? 그게 무슨 말일까?

"불안증 같은 거 있냐, 혹시?"

이산경이 다시 걸으며 물었다. 나는 대답하지 못했다. 내가 알기로는 없는데. 손에 땀이 나고 가슴이 둥둥 뛰었다. 확실히 이상했다.

"어쨌든 빨리 가자."

걷는 동안 이산경은 이것저것 물었다. 너 노트 장난 아니더라. 필기는 언제부터 그렇게 잘한 거야? 1학년 때도 그렇게 했어? 근데 1학년 때는 몇 반이었어? 지금 짝이랑은 어때? 김세연이랑은 많이 친해? 걔 악스트 좋아하지? 이산경의 질문에 대답하느라 손바닥의 땀도, 가슴 두근거림도 어느 순간 잊어버렸다. 이산경은 정말 끊임없이 물었고 눈을 빛내며 기다렸고 어물어물한 나의 대답을 답답해하지 않고 들어 주었다.

이산경과 나는 편의점에 잠시 들러 라면과 음료수, 초콜릿과 젤리를 산 뒤에 다시 이산경의 집으로 향했다. 집은 10분을 더 걸은 뒤에 나왔다.

"저기야."

이산경이 가리킨 빌라 건물 사이의 유일한 주택 한 채. 빨간 벽돌 단층집이었다. 집은 높은 단 위에 지어졌는지 멀리서도 잘 보였다.

곧이어 우리는 빨간 벽돌 단층집의 대문 앞에 섰다. 들어가려면 커다랗고 육중한 은색 대문을 통과해야 했다. 나는 마치 미지의 세계로 들어가는 진입로에 선 기분이었다. 육중한 은색 대문은 어떤 것으로도 열리지 않을 듯했다. 내가 난감한 빛으로 돌아보자, 이산경은 교복 셔츠 안으로 손을 쑥 집어넣었다. 그러고는 목걸이를 꺼내 내게 흔들어 보였다. 이산경의 손끝에서 은빛 열쇠가 달랑거렸다. 커다랗고 육중한 은색 대문이 자그마한 열쇠에 손쉽게 열렸다. 두 손으로 대문을 밀어붙인 이산경이 장난스레 말했다.

"들어오시오."

마당이 넓었다. 왼쪽 가에 키가 아주 큰 나무가 있었는데 오래됐는지 병이 든 건지 하늘로 솟구친 가지들이 거뭇거뭇했다. 3월도 벌써 중순이 지났으니 죽은 게 아니라면 싹이 돋기 시작할 테지만 전혀 그렇게 보이지 않았다. 나무 옆으로 쓰러진 화분들, 제멋대로 웃자란 잡초, 내동댕이쳐진 정원용 자재들을 보니 사람 손을 오래 타지 않은 곳인 것 같았다. 마당 한쪽으로 심어 놓은 잔디마저 오래도록 깎지 않은 머리카락처럼 텁수룩했고 군데군데 비치는 초록빛은 오히려 뽑아내야 할 새치처럼 눈에 거슬렸다.

나는 가슴 앞으로 멘 가방에 달아 놓은 지팡이 키링을 만지작거리면서 사방을 둘러보았다.

"여기 니네 집 맞아?"

이산경이 뒤를 돌아보았다.

"우리 집이니까 열쇠로 열고 들어온 거겠지?"

설마 훔친 게 아니라면, 당연한 말이다. 나는 의미 없이 고개를 주억거렸다. 텁수룩한 마른 잔디가 발목 부근을 간지럽혔다. 앞선 산경이가 계단 위의 현관문도 마저 열어젖혔다.

이산경의 집은 뭐라고 해야 할까. 없는 게 많은 집이라고 해야 할까. 아님 너무 많은 것이 있는 집이라고 해야 할까. 집 안에도 역시나 사람이 드나든 흔적이 별로 보이지 않았다. 그런데 물건들은 너무 많았다. 곳곳에 박스와 보자기에 싸인 물건이 내 키만큼 차곡차곡 혹은 허리까지 쌓여 있었다. 그런 것들이 현관 입구부터 거실 초입까지 새로 만든 벽처럼 이어져 있었다.

정체를 알 수 없는 묘한 냄새도 났다. 오래된 물건들 냄새 같기도 하고 곰팡이 냄새 같기도 한, 도서관에서 오래된 책들을 펼쳤을 때 나던 냄새와 흙냄새가 섞인…… 어쨌든 환기를 오래 하지 않아서 나는 냄새인 것만은 확실했다.

거실 안쪽 창에서 들어오는 햇빛이 집 안을 비췄다. 떠다니는 먼지 때문인지, 카메라앱의 아련한 필름 필터가 장착된 것 같았다. 정말 이런 곳에 이산경이 산다고? 그럼 다른 가족들은? 아무리 둘러보아도 생활감이 전혀 없었다.

내가 걸음을 바로 못 옮기고 현관 쪽에서 서성거리자 앞서 들어간 이산경이 거실 안쪽에 가방을 내려놓으며 어디 앉을래, 하고 물었다. 그 말에 정신이 든 듯 발을 뗐다. 쌓인 박스와 오래된 책들, 어째서인지 집 안에도 있는 빈 화분 더미 사이를 지나 거실 안으로 들어갔다. 가벽 같은 짐 더미를 지나자 꽤 넓은 공간이 나왔다. 창가 아래에는 소파가 있었다. 역시나 오래되어 보이는 진초록색 소파. 앉으면 먼지가 풀썩 일어날 것만 같은…….

"저기 앉아."

이산경이 손짓한 곳은 거기였다. 진초록 소파는 세 부분으로 구획이 나뉘어 있었고, 작았다. 이모 집에 있는 커다랗고 안락한 소파와는 달랐다. 옛날 물건들을 전시해 놓는 곳에 가면 있을 법한 극세사 느낌의, 구식 소파 같았다. 그러고 보니 이곳은 뭐 하나 구식이 아닌 게 없어 보였다. 책과 화분은 물론이며, 뒤통수가 뚱뚱한 브라운관 텔레비전에, 크고 뭉뚝한 까만 전화기. 레트로 느낌이 물씬 나는 물건들 천지였다. 아니다. 레트로를 흉내 낸 게 아니라 레트로 그 자체였다.

"야. 그것 좀 그만 만지고."

내가 이산경을 쳐다보자 이산경의 눈이 내 손을 향했다. 지팡이 키링을 그제야 알아차렸다. 그때까지도 만지작거리고 있었던 모양이었다. 나는 가방을 소파 아래에 내려놓고 슬쩍 걸터앉았다. 손이 허전해서 괜히 엉덩이를 들썩거렸다. 그때마다 아지랑이 같은 먼지가 너울거렸다.

이산경이 부엌 쪽에서 거실을 향해 머리만 빼꼼 내밀고 말했다.

"잠깐만 기다려. 라면 물 올릴게!"

달그락거리는 소리, 수돗물을 촤, 하고 냄비에 받는 소리, 아 맞다, 라면! 하는 소리들이 이산경의 동선을 짐작하게 했다. 거실 박스 위에 둔 라면을 집어 가던 이산경과 눈이 마주쳤다. 이산경이 이제 생각났다는 듯 물었다.

"어때? 우리 집?"

묻는 얼굴에 기대가 가득했다. 나로서는 이해할 수 없는 기대였다. 나는 사방을 휘 둘러보며 대답했다.

"좋아."

내 말에 이산경이 빙긋 웃었다. 그러고는 부엌으로 쏙 들어갔다. 이 정도 대답이면 족한 것일까. 아니면 이런 대답이 나올 줄 알았다는 뜻일까. 알 길이 없는데 문득 김세연이 떠올랐다. 혹시 악스트를 좋아하냐고 묻던 얼굴이 이산경의 얼굴과 닮아 있었다.

이산경은 여기를 좋아하는구나. 먼지 가득한 창고 같은 이 집을.

괜스레 고개를 주억거리며 눈앞의 서랍장을 보았다. 서랍장에는 유리관이 놓여 있었는데, 그 관 안에 춤추는 형상의 목각인형 세 개가 있었다. 인형들은 한복을 입고 있었고, 중앙에 있는 인형은 장구를 둘러멘 채 장구채를 하늘로 치켜들고 있었다. 나는 유리관 앞으로 다가갔다. 가까이서 보자 흐릿한 유리관 너머로도 인형들의 얼굴, 입고 있는 옷, 손짓 등이 잘 보였다. 좀 더 자세히 보고 싶었다. 그런데 유리관 위는 물론이고, 유리 자체도 뿌옜다. 가방에서 물티슈를 꺼내 유리를 닦아 보았다. 닦기 전과 크게 달라지지 않았다. 유리는 변하지 않는 게 아니었나. 유리도 오래되면 투명도가 떨어지는 걸까. 도대체 얼마나 오래되었길래? 엄마는 이런 걸 두고 보지 못했다. 결벽증 환자처럼 쓸고 닦고 정리했다.

"나도 닦아 봤는데 워낙 오래되어서 그런지 닦으나 마나 똑같더라고."

라면이 끓는 동안 편한 차림으로 옷을 갈아입은 이산경이 내 뒤에서 말했다.

나는 다시 진초록 소파로 어색하게 걸어가서 앉았다. 괜한 짓을 한 것 같았다.

"정리를 좀 해야 할 것 같긴 한데, 어디서부터 건드려야 할지."

이산경이 거실을 둘러보며 난감해했다.

"내가 정리는 젬병이거든."

"내가, 도와줄까?"

말하는 나도 놀라 눈이 커졌다. 오늘 나 왜 이러지?

"한봄 네가 도와준다고?"

잠시 멈칫했지만 곧 고개를 끄덕였다. 오늘은 정말 이상한 날이라고 생각하면서.

"나 정리 잘해. 청소도."

이모는 내게 청소 같은 건 안 해도 된다고 했지만, 나는 그런 거라도 해야 마음이 편했다.

"의외다, 너. 아까는 불안증 환자처럼 막 두리번거리더니."

"그, 그건……."

"아니, 그래서 청소를 하는 건가?"

"아니야. 그런 거!"

들킨 것만 같아 목소리가 커졌다. 이산경이 잠시 나를 보더니 어깨를 으쓱했다.

"그래. 나야 뭐, 네가 도와주면 완전 땡큐지. 그럼 나는 뭘 해 줄까?"

"응?"

"네가 날 도와주는 거잖아. 그럼 나도 뭔가 해야지?"

충동적으로 말한 것이라 아무 생각이 없던 나로서는 딱히 할 말이 떠오르지 않았다.

"그럼 나는 맛있는 거 해 줄게. 이래 봬도 나 요리 잘한다?"

"요리?"

"응. 너가 여기 와서 같이 정리해 주면 내가 맛있는 거 해 줄게. 어때? 딱이지?"

이산경이 아주 큰 발견이라도 한 사람처럼 과장해 말하면서 웃었다. 그 웃음이 내게도 옮겨 붙었다. 아이들이 왜 이산경을 좋아하는지 알 것 같았다.

"아 맞다! 라면!"

산경이 후다닥 부엌으로 가더니 끓은 라면이 든 냄비를 통째로 들고 왔다.

"거기 밑에 책 아무거나 깔아."

나는 우왕좌왕하다가 탁자 아래에 놓인 한자 가득한 책 한 권을 들어 탁자에 올려놓았다. 냄비 받침대용인지, 이미 국물 자국이 여러 개 찍혀 있었고 그 자국마저 오래되어 보였다.

"먹어 봐. 보통 라면이 아니야."

내가 탁자 가까이 가자, 어느 틈에 수저를 들고 온 이산경이 내 손에 젓가락을 쥐여 주었다.

"끝내준다?"

그냥 보통의 라면처럼 보였다. 아니, 퉁퉁 불어 있었다. 나도 모르게 미간을 찌푸렸다.

"야. 진짜래도. 우리 할머니가 내 라면을 얼마나 좋아했는데! 너도 먹어 보면 깜짝 놀랄 거야!"

나는 라면을 한 입 먹고 이산경을 쳐다보았다. 씹기도 전에 면발이 입안에서 뭉개졌다.

"왜? 우리 할머니는 내가 끓인 라면이 최고라고 했거든!"

"할머니가 너를 정말 사랑하시는구나."

"뭐야, 너는 맛이 없단 뜻?"

"아니."

이상하게, 없던 식욕이 맹렬해졌다. 나는 젓가락을 내려놓고 숟가락을 집어 들었다. 어차피 젓가락으로 집을 수도 없었다.

"밥은 없어? 밥 말아 먹을까?"

내가 묻자, 이산경은 즉석밥을 전자레인지에 돌려 왔다. 나는 그릇에 라면과 밥을 덜어 비볐다. 맛있었다.

이산경이 사는 집에 올 줄도, 이산경이 끓여 주는 불어 터진 라면을 먹을 줄도 몰랐다. 또 그걸 맛있다며 퍼먹을 줄도. 한 시간 전까지도 예상하지 못한 일들이었다. 수저를 든 채 이산경을 보았다. 이산경도 열심히 불어 터진 라면을 먹고 있었다. 나는 지금 이산경이 뿜어내는 인싸의 향기에 취해 있는 걸까? 그래서 이 불어 터진 라면도, 오래된 창고 같은 집도 다 좋게만 느껴지는 걸까?

●●●● 포기하지 않는 중

"또 언제 올래?"

이산경이 갑작스레 말했다.

나는 입안의 물을 꿀꺽 삼키고 물었다.

"갑자기?"

"여기가 이렇게 넓어졌어. 너 무슨 마술사 같아."

라면을 먹은 뒤에 소화도 시킬 겸 거실을 정리했다. 사실은, 정리랄 것도 없었다. 거실 앞을 차지하고 있는 거추장스러운 박스들을 한쪽으로 치우고 그 주변 잔짐들을 크기별로 쌓거나 담은 것뿐이었다. 고작 그걸 했다고 이렇게까지?

"그러니까 또 와서 마술 좀 부려 줘."

이산경이 제발, 하면서 진초록 소파에 털썩 앉았다. 역시나 아지랑이 같은 먼지들이 허공에서 춤을 추었다.

"그럼 금요일이 좋을 것 같아. 다음 날 학교도 안 가고."

내 말에 이산경은 금요일 금요일, 하며 중얼거렸다.

"금요일은 안 돼?"

"아니. 괜찮아. 내 약속도 중요하니까."

캔 콜라를 들이켜며 잠시 뭔가를 생각하는 듯하던 이산경이 말을 이었다.

"눈치챘는지 모르겠지만, 여기 우리 할머니 집이야."

그럴 줄 알았다. 어떻게 봐도 그렇게 보였다.

"여기서 살았어. 할머니 돌아가실 때까지."

돌아가신 것까지는 몰라서 우물쭈물하는 사이, 이산경이 갑자기 소파에서 벌떡 일어났다.

"참, 내 방을 안 보여 줬구나!"

이산경은 한 손에 콜라를 든 채로 걸었다. 내게 손짓하면서.

안방 옆에 또 하나의 방문이 있었다. 이산경이 크게 숨을 내쉬며 그 방문을 열었다.

방 안은 특별한 게 없었다. 자그만 옷장, 침대, 피아노, 책상과 책장이 있었다. 창문에 달린 커튼은 레이스 장식으로 꾸며져 있었다. 나도 모르게 커튼 쪽으로 다가가 레이스를 만졌다. 노란 천으로 된 레이스의 간격이 일정치 않았다. 손으로 꿰매어 만든 게 틀

림없었다.

"그거 내가 직접 바느질했잖아."

"뭐?"

의외였다. 이산경과 바느질은 어떻게 봐도 어울리지 않았다.

"좀 삐뚤빼뚤한데, 그래도 귀엽지?"

이산경이 히죽 웃었다.

"나도 바느질해."

"진짜? 요즘에 그런 거 하는 애도 있냐? 난 그냥 할머니가 시켜서 한번 해 본 거야. 삐뚤빼뚤 보기 싫어서 달기 싫다고 했는데 할머니가 귀엽다고 저렇게 해 놨어. 여기 있는 건 다 그런 거야. 나랑 할머니랑만 아는 것들. 완전 보물창고."

나보다 키가 한 뼘도 넘게 큰 이산경이 조잘조잘 떠들었다. 귀여웠다.

"너는 뭐 했어? 설마 단추 하나 단 걸 갖고 바느질했다고 하는 건 아니지?"

"아까 내가 만지던 거, 내가 만든 거야."

"그 초록 키링?"

초록 지팡이 키링이지만 응, 했다.

"그것 말고도 많아. 어릴 때부터 한 개씩 만들어서."

"멋진데? 나도 한 개 주라."

이모 집에 있을 때 너무 심심하면 만들던 게 상자에 가득 있었다. 하나쯤 주는 거야 어렵지 않았다. 내가 알았어, 답하자 이산경이 앗싸, 흥얼거리며 콧소리를 냈다.

우리는 다시 거실로 나왔다. 나는 그제야 진짜 궁금한 것을 물었다.

"그런데 니네 부모님은?"

"엄마 아빠는 관해에 살지. 그래서 내가 그 고등학교에 다니는 거고."

나는 눈을 동그랗게 뜨고 물었다.

"근데 여기는 왜?"

"엄마 아빠 집은 내 집이 아니야. 다시 여기에 살려고."

"다시?"

"할머니 돌아가시고 너무 오랫동안 여길 비워 뒀어. 이제 가끔 오는 거 말고 아예 살려고."

이산경이 태어난 지 5개월이 지났을 무렵, 엄마의 산후우울증이 심해졌다. 할머니는 그런 며느리를 두고 볼 수 없었다. 그래서 연년생 오빠와 동생 중에서 유난히 더 우는 동생 이산경을 데리고 왔다. 그때부터 이산경은 초등학교 입학 전까지 할머니와 살았다. 어릴 적에는 할머니보다 엄마와 더 살고 싶었지만,

막상 초등학교에 들어가고 나서는 엄마보다 할머니가 더 보고 싶었다고 했다. 밤마다 할머니와 자던 때가 그리웠다고.

그래서 이산경은 엄마에게 행패를 부렸다. 어떻게 하면 엄마를 힘들게 하는지는 어린 눈에도 잘 보였고, 그대로 했다. 엄마는 그런 이산경을 품어 주지 않았다. 어떤 사랑은 함께한 시간과 비례하기도 했다.

"할머니한테 자라서 이 모양이구나."

"네 할머니가 버릇을 아주 나쁘게 들여 놨어."

엄마는 자주 그런 말을 했다.

이산경은 더욱 화가 났다. 그럴수록 엄마와 할머니 사이가 더 멀어지는 줄 모르고. 하지만 그런 걸 알 수 있는 나이가 아니었다. 이산경은 그때, 이렇게 해도 엄마가 날 사랑해? 이렇게 하는데도? 싶은 마음이 들었다고 했다. 엄마의 사랑을 확인받고 싶었는지도 모른다고.

결국 두 손 두 발 다 든 건 엄마였다. 엄마는 할머니에게 합가를 제안했다. 이산경 때문이었다. 하지만 할머니는 합가를 원하지 않았다. 살던 집을 떠나고 싶지 않은 것이 이유였다. 할머니는 시집온 이래 한 번도 이사한 적이 없었다. 마당의 나무 한 그루, 풀 한 포기 모두 할아버지와 할머니의 손때가 묻어 있었다. 엄마는 다시 이산경을 할머니에게 보냈다. 모든 것이 이산경이

원하는 대로 되었지만 이산경은 마냥 기쁘지만은 않았다. 이상하게 그랬다.

그 뒤로는 내내 할머니와 함께 살았다. 고등학교 입학을 앞둔 겨울에 할머니가 돌아가실 때까지. 분명히 함께 잠들었는데 할머니는 아침에 일어나지 못했다. 영영 눈뜨지 못했다.

이산경은 당연한 수순처럼 엄마 아빠가 있는 집으로 들어갔다. 하지만 지낼수록 그곳은 자신의 집이 아닌 것 같았다. 할머니와 함께 살던 곳이 '우리 집'이었고, '내 집'이었다. 할머니가 지킨 집을 계속 지키는 것이, 할머니와 함께한 모든 순간이 녹아 있는 집에서 지내는 것이, 이산경이 해야 할 일이자 자신을 위한 일이라는 생각을 마침내 했다. 할머니가 돌아가신 지 1년 만이었다.

그사이에도 이산경은 이 집에 간간이 왔다. 엄마에게 잡혀 가기도 부지기수였지만 이산경은 포기하지 않았다. 지금도 포기하지 않는 중이다.

이산경이 긴 이야기를 끝내고 다시 콜라를 마셨다.

"그래서 네가 지각을 그렇게 했구나."

"그렇게 자주는 아닐걸. 엄마 땜에 여기 자주는 못 오거든."

나는 단 두 번이어도 자주라고 느낄 텐데 이산경은 트림을 끄옥 하면서 클클 웃었다.

"그래도 이제 학원 빠지지 않고 금요일에 집에만 오면 여기서 지내도 괜찮다는 허락을 받아 냈어."

이산경이 뿌듯한 듯 턱을 치켜들었다. 온기가 사라진 이 창고 같은 집엘 오려고 그렇게까지 하는구나. 엇, 그런데…….

"금요일?"

조금 아까 내가 금요일에 다시 오는 게 좋겠다고 말했던 게 떠올랐다.

"어, 알아. 내 생각에도 금요일에 오는 게 좋을 것 같아서 아무 말 안 한 거야. 그리고 이왕 금요일에 오는 거 자고 가."

나는 잠깐 그래도 되나, 생각했지만 어쩐지 거절하기 싫었다.

아직 짧은 해가 벌써 져서 창밖이 캄캄해졌다. 어둠이 어둡게 느껴지지 않았다. 오히려 말랑말랑하게 다가왔다. 봄밤이라서 그럴까. 휴대폰 화면을 터치했다. 역시 가야 할 시간이었다. 버스를 타고도 한참을 가야 하니 사실 진즉에 일어서야 했다. 아쉬웠지만 푹신한 진초록 소파에서 일어섰다. 아까 환기 때문에 열어 둔 창문을 바라보며 말했다.

"이제 창문을 닫아야겠어. 춥고, 어두워졌다."

이산경도 일어섰다.

"그래야지."

"그럼 오늘 여기서 자는 거야?"

"응. 그러려고 온 거야."

"혼자 자는 거 무섭지 않아?"

"자기 집이 무서운 사람도 있냐?"

"그래도 여기는 좀, 혼자서는 무서울 거 같아."

이산경은 내 말에 피식 웃었다.

"전화가 하도 울려 대는 통에 무서울 새도 없어."

"전화?"

"엄마."

이산경은 넌덜머리가 난다는 듯이 머리를 세차게 흔들고는 현관으로 갔다.

"가자, 한봄. 정류장에 데려다줄게."

이산경이 휴대폰으로 버스앱에 접속해 관해시에 가는 버스가 20분 뒤에 도착한다는 걸 알려 주었다. 우리는 버스 정류장을 향해 종종종 걸었다. 걷다가 눈이 마주치면 웃었다. 추운 밤길이어서일까. 이산경이 내는 미미한 온기가 더 잘 느껴졌다.

정류장에 도착해 '실시간 버스 도착 안내판'을 보았다. 관해시로 가는 버스가 곧 도착한다는 알림이 떠 있었다. 나는 등에 멘 가방을 다시 추스르며 주변을 둘러보았다. 정류장 벤치에 중학생인지 초등학생인지 가늠하기 어려운 여자애가 앉아 있었다.

"버스 온다!"

그때 산경이 몸을 앞으로 내민 채 말했다. 나도 산경이처럼 몸을 앞으로 숙였다. 버스가 헤드라이트를 눈부시게 빛내며 천천히 다가오고 있었다. 주변까지 소거해 버리는 환한 불빛에 벤치에 앉아 있는 여자애도 한순간 보이지 않았다. 나는 괜스레 부신 빛 속에서 아이를 찾아보려 눈을 깜빡거렸다. 버스가 정류장을 살짝 지나쳐 서자, 여자애가 아까처럼 그대로 앉아 있는 게 보였다.

그러고 보니 여자애는 버스를 기다리는 사람 같지 않았다. 우리처럼 안내판을 확인하지도, 버스가 오는 방향으로 고개를 내밀지도 않았다. 그저 머리를 아래로 떨어뜨린 채 이따금 발끝을 놀렸다. 심심함을 꾹꾹 누르는…… 그러니까, 외로운 몸짓. 나도 아는 그것.

버스 출입문이 요란스레 열렸다.

"봄아, 타!"

타는 사람이 나 하나뿐이었는데도 버스는 바로 출발하지 않았다. 차창 밖에서는 이산경이 손을 흔들고 있었다. 나는 좌석에 앉은 채로 가만히 웃으며 이산경을 보다가, 여자애에게로 시선을 돌렸다. 순간 여자애가 고개를 들었다. 눈이 마주쳤다. 깜짝 놀라 재빨리 옆을 쳐다봤다. 여자애가 마스크를 쓰고 있어서 진짜로 눈이 마주쳤는지 확신할 수는 없었다. 나는 다시 여자애를 보았다. 여자애는 여전히 나를 보고 있었다. 이번에는 고개를 돌리지 않았다. 여름이도 저만큼 자랐을까? 여름이가 나보다 여섯 살 어리니까 올해 열두 살이다. 여자애는 다시 고개를 떨어뜨리고 제 발을 까딱거렸다. 설마 여름이도 저 애처럼……. 나는 고개를 흔들었다. 웬 오바야. 모르는 아이일 뿐이다.

마침 누군가 헉헉거리며 버스에 올랐다. 버스는 그제야 미련 없이 출발했다. 어둑한 정류장에서 여전히 손을 흔드는 이산경과 마스크 쓴 모르는 여자애를 남겨 두고.

● ● ● 틈

집에 오자마자 옷장에서 상자를 꺼냈다. 상자에는 손바닥만
한 것부터 엄지손가락만 한 것까지 색색깔의 천 인형들이 가득
들어 있다.

이산경에게 어떤 것을 줄까? 어떤 걸 마음에 들어 할까?

바쁘게 고르던 와중에 인형 하나가 눈에 밟혔다. 여지껏 간직
하고 있는 작은 인형은 엄마가 처음 만들어 주었다. 집에 있는
자투리 천이나 양말의 발목을 잘라서 만들어 주면 나는 그걸 줄
지어 세워 놓고 하나씩 이름을 붙여 주면서 놀곤 했다. 그러다
가 초등학교에 입학했을 때 학교에서 만든 인형을 엄마에게 갖
다 주었더니 엄마가 깜짝 놀라면서, 우아 우리 딸이 이런 것도
만들 줄 알아, 정말 잘 만들었네, 했다. 엄마가 좋아해서 좋았다.
여름이가 태어난 뒤에도 우리는 같이 인형을 만들었다. 인형을

만들어 주기만 하면 여름이가 입에 넣고 줄줄 빨아 대서 나는 자주 기겁했는데, 여름이가 좀 더 자라고부터는 나와 함께 인형 놀이를 했다. 내가 시키는 대로 해서 마음이 놓였다.

이모네서 지내기 시작하면서 심심할 때마다 하나씩 만들던 것이 이렇게 많아졌다. 서준이가 있어도 나는 자주 심심했다. 상자 안의 인형들은 그 흔적이었다. 이산경에게 줄 건 새로 만들어야지. 이런 걸 주어서는 안 될 것 같았다.

바닥에 펼쳐 놓은 인형들을 상자에 담았다. 심심한 날들의 흔적은 컴컴한 옷장 속에 다시 숨겼다.

이모는 아침부터 피곤해 보였다. 어제도 밤늦게 집에 들어온 모양이었다.

이모가 식탁 앞에 서서 그릇에 시리얼을 부었다. 이모 몫은 없었다. 이모가 의자에 앉으면서 시리얼 그릇을 내 쪽으로 밀었다.

"밥 차려 준대도."

"아침부터 밥 먹기 부담스럽다고 했잖아."

나는 시리얼이 담긴 그릇에 우유를 따랐다.

"우리야, 이제 이모가 차려 줄 수 있어. 괜찮다니까."

"나도 괜찮다니까."

우유를 바로 놓으며 이모를 향해 씩 웃었다.

"뭐든 좀 해 달라고 해. 너무 그렇게 깍듯하게 굴지 말고."

"이모 피곤하잖아."

"괜찮다고요."

이모가 으이그, 하면서 집게 손으로 내 코를 콕 잡았다가 놓았다.

"그래, 어제는 어쩐 일로 학원엘 다 빠지셨어?"

이모는 내 앞에서 두 손을 턱에 괴었다. 그리고 눈을 깜박거렸다. 이모가 장난스레 굴 때마다 나오는 표정을 향해 나는 괜스레 인상을 쓰면서 시리얼 한 숟가락을 입에 넣었다. 씹기도 전에 달콤한 맛이 입안 가득 퍼졌다. 알갱이를 우물우물 씹으면서 뭐라고 말해야 할까, 고민했다. 자전시에 갔다고 해야 할까? 거기에 친구 집이 있었다고? 그래서 학원에 갈 수가 없었다고?

"친구 만난 거야?"

이모가 다시 물었다. 나는 여전히 입을 오물거리면서 이모의 얼굴을 살폈다. 피곤과 함께 호기심이 묻어 있었다. 이모의 관심이 기껍기도 하고 부담스럽기도 했다.

입안에 있던 시리얼을 꼭꼭 다 씹고 다시 한 숟가락을 뜨기 전에 말했다.

"응. 어쩌다가 친구네 갔어. 라면도 먹고 하느라고."

이모는 내 이야기가 흥미로운 눈치였다.

“오. 그 친구는 학원에 안 다니는 모양이지?”

그러고 보니 이산경은 어제 학원에 안 간 것인가. 나는 눈썹을 쓱 올리며 눈을 크게 떴다.

“나도 몰라.”

나는 다시 시리얼을 먹었다.

“뭐야. 집에도 놀러 가는 사인데 학원에 다니는지 안 다니는지도 몰라?”

이모가 더 말해 보라는 얼굴로 물었다. 아는 게 없어서 할 말이 없었다. 대신에 다른 말이 튀어나왔다.

“이모, 나 자전시에 있을 때 무슨 동에 살았지?”

“그건 왜?”

아파트 이름만 생각나고 동네 이름은 떠오르지 않았다. 하긴 굳이 되새기려 한 적도 없었다. 지난 시간이 남긴 교훈은, 애써 기억하지 않으려고 하면 밀리는 기억도 있다는 것이다. 나는 이제 그때로부터 아주 많이 밀려왔고, 밀려오는 동안 여러 기억들도 함께 떠밀려 가 버렸다는 사실을 깨달았다. 그 옛날에 어느 동네에 살았는지도 잊어버릴 만큼.

“갑자기 생각이 안 나서.”

나는 이모의 눈치를 살폈다. 조금 전보다 피곤이 더 짙어진 얼굴이다. 역시 괜한 말을 꺼낸 걸까. 검색 한 번이면 알 텐데. 이모는 턱을 괸 손을 식탁 아래로 내렸다. 그리고 뒤로 쭉 물러나 의자 등받이에 몸을 기댔다. 멀어진 채로 이모가 물었다.

"그걸 왜 생각하는데?"

"응?"

"자전시에 살았던 건 다 잊어버려."

왜, 라고 묻지 못한다. 이모에게 자전시는 곧 나의 아빠인 것을 알고 있다. 이모는 아빠를 싫어했고, 아빠에 관해 말하는 것 또한 싫어했다. 알고 있었는데 너무 오랫동안 이야기한 적이 없어서 내가 또 느슨해졌지.

나는 다시 시리얼을 먹으면서 고개를 끄덕였다.

"이제 거기에 다시 갈 일도 없는데 뭐 하러 기억하려고 해. 잊어버린 거면 다행이지."

그럴까. 잊어버린 게 다행일까.

"어쩌다 갈 수도 있잖아. 지나갈 수도 있고."

이모는 식탁 아래로 내린 두 팔을 다시 들어 올려 팔짱을 꼈다. 마치 뭔가를 단단히 걸어 잠그는 것만 같았다. 이모는 한동안 아무 말 없이 있다가 낮은 한숨을 쉬었다. 이모의 얼굴을 보지 않으려고 애쓰면서 시리얼을 조심조심 씹어 삼켰다. 시리얼이 입에서 잘게 잘게 부숴졌다.

"어쩌다가 가면 더더구나 기억할 필요 없지. 그럼 먹고 가. 이모는 좀 피곤해서.”

이모가 의자에서 일어났다. 지금 이모와 나 사이에 시리얼이 있어서 다행이었다. 단맛은 아까부터 느껴지지 않았다. 나는 그저 우물거렸다. 본능에 따라 턱을 움직이며 이모의 모습을 좇았다.

식탁에서 벗어난 이모가 세 걸음쯤 가다 문득 멈췄다. 그런 채로 내 이름을 불렀다. 김우리. 나는 아까부터 이모의 뒷모습을 좇고 있었기 때문에 대답하지 않았다. 이모가 나를 향해 천천히 봄을 돌렸다.

이모 얼굴에 슬픔 같은 것이 피곤만큼 짙게 내려앉아 있었다. 쓸데없는 말을 했어. 이모가 또 저런 얼굴을 하고 있잖아.

“학교 잘 갔다 와.”

이모가 입꼬리만 올린 채로 애써 웃었다. 내가 고개를 끄덕이자, 이모가 방으로 들어갔다.

한숨이 나왔다. 그릇을 들고 자리에서 일어섰다.

남은 시리얼은 개수대에 쏟아 버렸다.

아침 자율학습이 시작되었는데도 이산경은 오지 않았다. 담임은 벌써부터 교탁을 지키고 있었다. 나는 수학 문제집을 풀면서 계속 시계를 보았다.

버스 시간도 알고 있을 텐데, 버스를 놓친 걸까? 나도 모르게 자꾸 교실 앞문에 시선을 두는데 때마침 문이 활짝 열렸다. 이산경이 가쁜 숨을 내쉬며 들어왔다. 아이들의 시선이 일제히 이산경을 향했다.

"이산경 벌점이다."

담임은 이산경을 보자 기다렸다는 듯 말했다. 이산경은 민망한 듯 샐쭉 웃었다. 이산경이 창가 뒤쪽 자기 자리에 앉을 때까지 담임의 시선이 따라갔다. 저 녀석을 어떻게 하면 좋을까, 하는 고민이 미간에 고여 있었다. 이산경이 가방을 탁, 책상 위에 올려놓았을 때였다.

"이산경, 너희 어머니께 벌점 문자 갈 거야."

그러자 이산경이 갑자기 태도를 바꾸었다.

"아, 선생니임!"

담임이 단호한 표정으로 이산경을 보았다.

"엄마한테 그런 거 안 보내면 안 돼요?"

"왜?"

"저 엄마한테 혼난단 말이에요."

이산경이 너무 빤한 소리를 해서 오히려 웃겼다. 여기저기서 웃음과 야유가 튀어나왔다. 담임도 피식 웃었다.

"오호, 그랬구나. 그럼 선생님이 더더욱 보내야겠는데."

"선생니임!"

담임은 장난스러운 표정을 숨기지 않았다.

"요 녀석이 그동안 그렇게 지각하지 말라고 했을 때는 콧방귀만 뀌더니, 이제야 꿈틀거리는구나!"

"선생님, 한 번만요, 네?"

이산경이 자리에서 벌떡 일어나 왼쪽 검지를 쭉 편 채로 애원했다. 담임도 똑같이 왼손 검지를 입술에 갖다 대며 말했다.

"쉿. 선생님은 너에게 여러 번 기회를 줬어. 이제는 네 행동에 책임을 지도록!"

이산경은 어깨를 들썩이면서 한숨을 내쉬었다. 아주 불만족스럽다는 듯이. 그렇지만 유쾌한 분위기가 사라진 건 아니었다. 그러다 이산경이 불쑥 고개를 돌리는 바람에 내내 바라보고 있던 나와 눈이 마주쳤다. 순간 이산경의 얼굴에서 불퉁한 표정이 걷히고 미소가 드리워졌다. 창문으로 따뜻한 봄 햇살이 비췄다. 눈이 부셨다. 나는 계속 보고 있을 수가 없어서 고개를 돌렸다. 눈앞이 잠깐 아득했다.

"뭐야, 쟤?"

그때 김세연이 말을 걸었다.

"응?"

"쟤 지금 너한테 웃은 거야?"

나는 멀뚱히 김세연을 보았다.

“둘이 언제 친해지기라도 한 거야?”

이산경이 자전시에서 통학한다는 것을 알고, 작년에 할머니가 돌아가신 것을 안다. 금요일에는 이산경의 집에서 외박을 하기로 했다. 그러면 우리가 친한 걸까.

나는 어, 뭐, 쫌? 하면서 애매하게 대답했다.

“진짜?”

김세연은 친하다는 말을 들은 것처럼 놀랐고, 그런 반응에 나도 놀랐다.

“아니, 그게, 아직 뭐 친한 건 아니고 그냥 몇 마디 해 봤어.”

김세연이 여전히 눈을 동그랗게 뜬 채 말했다.

“너 쫌 낯설다.”

갑자기 무슨 말일까.

“봄이 네가 나랑 비슷한 줄 알았어. 이산경 같은 인싸랑 우리랑은 좀 다르잖아.”

그렇다. 우린 확실히 인싸가 아니지. 하지만 인싸의 친구가 꼭 인싸여야 한다는 법도 없지 않나.

“그래서 이제 나랑 안 다닐 거야?”

그런 생각은 한 적조차 없어 황당했다. 나는 급히 고개를 저었다. 김세연은 내게서 시선을 돌리고 수학 문제집을 한 장 한 장 넘겼다. 나는 김세연의 옆얼굴을 보며 해야 할 대답을 했다.

“아니.”

아무 반응이 없었지만 김세연이 내 대답을 기다리고 있다는
걸 알았다.

● ● ● 진동

마침내 금요일이 되었다.

어젯밤에 이산경한테 메시지가 왔다.

이산경 잊지 않았지, 내일?

한봄 응.

이산경 그래. 그럼 내일 봐. 잘 자라.

한봄 너도 잘 자.

용건만 간단히 하고 마무리한 메시지를 몇 번이나 보았다. 며칠 동안 만든 우산 모양 키링은 이제 종이 상자에 넣기만 하면 되었다. 손바닥만 한 새빨간 상자에 우산 키링을 넣는데 콧노래가 나왔다.

노트에 낙서를 하다 지팡이를 그리고 그 옆에 우산을 그렸을 때 나는 혼자서 큰 발견이라도 한 것처럼 기분이 좋았다. 지팡이와 우산은 어쩐지 하나로 엮일 것 같기도 했고, 따로 놓으면 상관없어 보이기도 했다. 지금 우리처럼. 나는 그림을 보면서 중얼거렸다. 어울린다. 각각 고유한 대로 어울리는 일은 흔치 않을 것 같았다. 그러고는 인터넷으로 노란 무지천을 주문했다. 본을 떠서 바느질을 하고 솜을 꼭꼭 많이 넣었다. 가는 우산대의 형태를 유지해야 하기 때문에 솜이 많이 필요하기도 했지만, 튼튼하게 만들고 싶었다. 그 바람에 내 초록 지팡이보다 더 큰 우산이 되어 버렸지만 이산경이 나보다 크니까 오히려 의도한 것처럼 보이기도 했다. 마음에 들었다.

방을 나가기 전에 가방에 넣은 새빨간 종이 상자를 한 번 더 확인했다. 이산경의 집에 가면 줘야지. 좋아하겠지? 새삼 이런 것에 설레는 내가 좀 유치했지만 그렇다고 설레는 걸 부정할 수 없었다. 더군다나 자고 오는 거잖아. 신났다.

"그렇게 좋아?"

이모가 오늘 아침에도 태워 준다며 차에 타라고 했다. 나는 조수석에 오르면서 빙그레 웃었다.

"너 그렇게 웃는 거 오랜만에 본다."

내가 이모를 보았다.

“또 왜 그래. 내가 언제 안 웃었어?”

“웃었지. 많이 웃었지. 아무리 많이 웃어도 웃은 거 같지 않아서 그렇지, 웃긴 많이 웃었어.”

방심할 때 튀어나오는 진심이 이모와 나 사이에 어물거렸다. 조금만 더 자세히 보면 서로 알아볼 게 분명한 그것이 눈앞에 있었지만, 이모도 나도 섣불리 서로의 진심을 들여다보려 하지 않았다. 조심조심 피해 갔다.

나는 웃는 표정 그대로 앞만 보았다.

이모가 큼큼, 헛기침을 하며 차에 시동 버튼을 눌렀다.

“카드, 줄까?”

설렜던 기분이 조금 가라앉으려 했지만 그렇게 두지 않을 것이다.

“괜찮아요.”

차가 천천히 출발했다.

“왜, 친구 집에 가서 네가 쏴. 배달 음식도 시켜 먹고 해야 될 거 아냐.”

“돈 있어.”

나는 애써 웃으며 무릎에 올려 둔 가방을 툭툭 쳤다.

“그리고 친구가 맛있는 거 해 준댔어.”

자연스럽게, 산경이 해 준 불어 터진 라면이 떠올랐다. 빙긋 웃음이 났다.

"오늘 가면 친구네 집 청소도 하고 정리도 할 거야. 그러니까 신경 안 써도 돼, 이모."

"청소하러 가는 거야?"

이모가 깜짝 놀라서 되물었다.

"아니. 걔가 보니까 정리를 하나도 못하더라고. 가서 좀 도와주려고. 나 이모 닮아서 정리 천재잖아."

시실은 엄마를 닮아서이지만 그렇게 말했다.

"그래도 갖고 가."

"이모. 그냥 친구 집에서 놀다가 자고 오는 거야. 지금 너무 유난 아님?"

"유난인가?"

내가 고개를 마구마구 끄덕였다.

"유난 좀 떨면 어떠니."

"그런가."

"그렇지."

"큭큭큭큭."

"오늘 너는 내가 뭘 해도 웃는구나."

"그런가."

"그렇지."

“크크크큭.”

이산경의 집에서 하는 외박이, 이산경과 함께할 청소와 정리가 왜 이렇게 즐거울까. 왜 자꾸만 신이 날까. 잠시 멈칫한 마음은 자취도 없이 사라졌다. 전에 없이 가벼운 농담과 웃음이 터져 나왔다. 뒤섞인 이모와 내 웃음소리가 듣기 좋았다.

금방 학교에 도착했다. 차에서 내려 문을 닫는데, 이모가 차창을 내렸다.

“우리야, 잘 다녀와. 그리고 그 친구 전화번호 이모한테 좀 알려 줘.”

“왜?”

“혹시나 해서. 전화 안 해. 걱정 마.”

이모가 말끝에 장난스레 눈을 흘겼다. 나는 알았어, 하고는 이모를 향해 손을 흔들었다. 이모의 차는 곧 교문 앞에서 사라졌다.

운동장을 걷는데 누군가 어깨를 와락 잡았다. 깜짝 놀라 뒤돌아보니 이산경이었다. 표정을 관리하는 뇌의 어느 부위가 고장 난 것처럼 자꾸 웃음이 났다.

“근데 너 우리야?”

“응?”

“아까 너를 우리라고 부르던데?”

이모가 내 이름 부르는 소리를 이산경이 들은 모양이었다.

“어. 집에서는 우리라고 불러.”

“아. 그럼 안 헷갈려?”

“이젠 괜찮아.”

“이젠?”

내가 고개를 끄덕이자 이산경도 고개를 끄덕끄덕하면서 걸었다. 내가 말했다.

“오늘도 지각 아니네?”

지난 월요일 아침, 담임은 이산경이 지각하는 즉시 엄마에게 문자메시지를 보내겠다고 엄포를 놓았다. 그 엄포는 효과가 있었다. 이산경은 그날 이후로 진짜로 지각을 하지 않았다. 오늘도 마찬가지다.

“나 엄마랑 사이 안 좋거든. 그런 마당에 문자 가는 순간!”

이산경은 말과 함께 손날로 제 목을 긋는 시늉을 했다. 끔찍한 농담이었지만 또 웃음이 났다.

“그냥 여기서 다니는 게 학교 오기 편하지 않아?”

어느덧 숨을 고른 이산경과 함께 학교 현관 안으로 들어갔다.

“내가 박박 우겨서 거기서 지내는 거니까.”

그래, 그렇다고 했지.

“그 집을 떠나지 않는다는 걸 엄마한테 보여 줘야 한다고.”

“왜 그렇게 그 집을 안 떠나려고 해?”

불쑥 나온 질문인데, 사실은 내내 가진 의문이었다는 걸 깨달았다. 할머니가 돌아가신 집, 이제 아무도 없는 그곳 대신 엄마 아빠의 품으로 들어갈 수 있는데. 온기 가득한 우리 집이 너에겐 있는데, 왜.

“오. 아침부터 진지한 얘기!”

이산경이 과장된 표정을 지었다. 나는 괜한 질문을 한 거 같아 손을 내저으며 말했다.

“말하기 싫으면 안 해도 돼. 그냥, 그냥 물어본 거야.”

“아, 별거 없어.”

“응?”

“그냥 거기가 우리 집이야.”

할머니와 함께한 모든 순간이 녹아 있는 집에서 지내는 것이 자기가 해야 할 일이자 자기 자신을 위한 일이라고 이산경은 말했었다.

“맞다. 그랬었지.”

교실은 2층이었다. 우리는 나란히 계단을 올랐다.

“할머니가 돌아가셨어도 거기가 우리 집인 건 변하지 않아. 나는 우리 집에서 학교를 다니고 싶은 것뿐이야.”

숨이 차서 대꾸를 못했다. 겨우 계단 열 개를 올랐을 뿐인데. 이제 다른 방향으로 놓인 계단을 향해 우리 둘 다 몸을 틀었다.

"참, 너 오늘 알지?"

목적어가 없어도 무슨 뜻인지 금방 알아들었다. 나는 서둘러 고개를 끄덕이며 웃었다. 숨이 차도 웃음이 나왔다.

"너 오늘은 학원 빠지지 말고 와."

"응?"

계단을 나 올랐을 때 이산경이 나를 바로 보았다.

"어차피 내일 토요일이니까 오늘 네 할 일 다 하고 와. 그래야 마음도 편하지."

나는 학원에 빠질 생각이었는데, 그러지 않을 수 있다면 마음이 가벼운 건 사실이었다. 이모는 내가 오늘 학원에 빠진다고 해도 뭐라고 하지 않을 테지만 이런 것까지 신경 써 주는 이산경이 고마웠다.

"그렇게 할게. 근데 나 너희 집 못 찾아갈 거 같은데. 그때 한 번만 가 봐서."

"그건 걱정 말고. 내가 주소도 남겨 놓고. 아니다, 너 학원 끝나고 버스 타면 연락해. 내가 정류장에서 기다리고 있을게. 그러면 되지?"

내가 응, 했다. 그리고 교실로 향해 걸어가려는데, 이산경이 잠깐만, 했다.

"응?"

"생각난 김에 지금 주소 보내 놓을게. 나중엔 주소 보고 너 혼자 찾아 와. 오늘만 정류장에서 기다리는 거야."

이산경이 문자를 보내자, 주머니에 있던 휴대폰이 진동했다. 마음도 진동했다. 안과 밖이 자꾸 진동했다.

● ● ● ● **다른 기대**

"이제 이산경이랑 같이 학교에도 와?"

자리에 막 앉으려는데 김세연이 나를 삐죽 보았다.

"아니, 교문 앞에서 만났어."

가방에서 교과서와 필통, 노트를 꺼냈다. 겉옷을 벗을까 말까, 하는데 시선이 여전했다. 내가 물음표를 단 눈빛을 보내자 김세연이 입을 열었다.

"기분 좋아 보인다?"

나는 잠시 멈칫했다. 그런가. 근데 뭘까, 김세연의 말투에서 느껴지는 이 따가움은?

이산경의 집에 다녀온 뒤로는 김세연을 전처럼 살피지 않았다. 눈에 들어오지 않았기 때문이다. 재미없는 악스트 이야기보다는 오늘 저녁의 약속에 더 들떠 있었다. 하지만 들뜬 내 마음을 김세연과 나눌 필요를 느끼지는 못했다. 우리는 아직 그 정도로 친밀한 사이가 아니니까. 처음 보았을 때부터 김세연이 이산경을 두고 부정적으로 말했던 걸 생각하면 더더욱 오늘 저녁의 약속을 김세연에게 말해선 안 될 것 같았다.

"아니, 뭐, 딱히."

"이산경이랑 놀기로 했어?"

나는 학교에서는 굳이 이산경 가까이에 가지 않았고 이산경 또한 내게 올 새가 없었다. 노트를 되돌려줄 때 내 자리로 온 게 다였다. 그 뒤로 교실에서 마주칠 때 가끔 마주 웃거나 손을 흔들기도 했지만 누구에게나 친절하고 다정한 이산경에게 그건 흔한 모습이었다. 어울리는 학교 친구도 성향도 다른 이산경과 내가 그렇게 지내는 것이 마음에 들었다. 편했다. 쓸데없이 주의를 끌지 않을 수 있었다.

그런데 어떻게 알았지? 나는 선 채로 천천히 겉옷을 벗었다.

"맞나 보네?"

아, 넘겨짚은 거구나.

꼭 거짓말이라도 했다가 들킨 것 같았다. 하지만 아니잖아. 뒤늦게 고개를 저었다.

"아니."

자초지종을 말하면 구구절절 말이 길어질 것이었다. 또 말로 표현하지 못한 순간들은? 이제 그런 순간도 나는 소중했다. 그런데 이렇듯 추궁하는 듯한 말에 대답하다 보면 그 모든 것이 변명처럼 들릴 것이 분명했다. 그건 싫었다.

"아무 말도 안 하고 싶은 거?"

김세연은 오늘 확실히 이상했고, 나는 이유를 찾듯 김세연과 소홀했던 지난 며칠을 떠올렸다. 이산경이 내게 손을 흔들며 지나가면 옆에 있던 김세연이 나를 물끄러미 보다가 야, 했다. 김세연이 악스트에 내해 미주일고주일 떠드는 횟수가 현지히 줄기도 했다. 며칠 전과는 조금 달라진 것 같다고 느꼈지만 어차피 학교에서만 유효한 관계였다. 오래 생각하지 않았다.

"너 왜 그래?"

내 말에 김세연이 아무렇지 않은 듯 답했다.

"하긴. 네가 아무 일 없다고 하면 없는 거지 뭐. 됐다."

이런 순간을 안다. 자주 이런 순간이 있었다. 나는 그때마다 생각을 멈추었다. 솟아나는 생각을 밀쳤고, 눌렀다. 나는 유려하게 말할 줄도 몰랐고, 휘둘리지 않을 만큼의 기세도 없었다. 그러므로 내가 할 수 있는 건 생각과 말을 멈춘 곳에서 더는 들추지 않고 모른 척하는 것이었다.

나는 아무 대꾸도 하지 않고 자리에 앉았다. 김세연 또한 아무 일도 없다는 듯이 문제집으로 고개를 돌렸다.

나는 잘못한 게 없었지만 그럼에도 어쩔 수 없이 잘못한 기분에 휩싸였고, 틈날 때마다 김세연을 살폈다. 거짓말한다고 생각했을까? 내가 하는 게 거짓말일까? 말하고 싶지 않은 것인데? 고개를 흔들었다. 비죽비죽 올라오는 잡념이 구질구질했다.

나는 해야 할 일을 했다. 수업 시간에는 선생님의 말씀을 듣고 필기했다. 수업이 끝나면 요의가 느껴지지 않아도 화장실에 갔다. 물을 자주 마셨고, 사이사이 김세연을 보았다. 김세연은 여느 날과 달라 보이지 않았다.

4교시가 시작되었을 때, 이 시간이 끝나면 급식 먹으러 가자는 말을 먼저 해야지, 생각했다. 그러면 여느 때처럼 김세연도 다시 악스트 이야기를 꺼내며 내 팔짱을 낄지도 몰랐다. 김세연도 내가 아니면 같이 급식 먹을 애가 없었다.

4교시는 금방 끝났다. 나는 김세연을 향해 고개를 돌렸다.

"세연아."

김세연은 내가 불러도 여전히 엎드려 있었다. 내가 한 번 더 세연아, 하고 불렀다.

"한봄. 나, 오늘 점심 안 먹으려고."

김세연이 엎드린 채로 말했다. 목소리가 세연의 팔 속에 갇혀 선명하게 들리지 않았다. 나는 김세연 쪽으로 더 머리를 숙였다.

“어?”

“속이 안 좋아.”

“많이 안 좋아? 보건실에 같이 갈까?”

나는 김세연의 등을 보고 말했다. 속이 안 좋은 이유는 아마도 나 때문이겠지만 굳이 말할 생각이 없었다. 그래서 보건실 운운하며 모른 척했다. 김세연이 마침내 몸을 바로 하고 나를 쳐다보았다. 얼굴이 냉랭했다.

“아. 니.”

한 음절씩 힘주어 말한 뒤 잠시 동안 나를 쳐다보던 김세연은 다시 책상에 엎드렸다. 김세연의 동그란 뒤통수를 바라보았다. 이런 신경전을 벌일 만큼 우리가 친밀한 사이였어? 네가 먼저 다가온 거잖아. 나한테 뭘 바라는 거야? 점점 기분이 나빴다. 자리를 바꿀까? 아니. 고개를 흔들었다. 그럼 더, 혼자다.

나는 책상 의자에서 일어났다. 제 친구들과 떠들썩하게 웃으면서 지금 막 교실을 빠져나가는 이산경이 보였다. 혼자서 급식실에 가는 게 어려웠던 적은 없었지만, 지금은 가고 싶지 않았다. 나는 매점을 향해 몸을 돌렸다.

학교에서의 시간은 아주 더디게 흘렀다.

점심시간 이후로 김세연은 작정한 듯이 나에게 말을 걸지 않았다. 묻는 말에도 물끄러미 보기만 할 뿐 답하지 않았다. 의도적이라 의식하자, 내내 견디는 기분으로 수업 시간을 보냈다. 학교에서 벗어나자 나도 모르게 한숨이 샜다. 학원 수업도 오늘따라 지루하기만 했다. 그냥 빠질걸 그랬나 싶었지만, 그때마다 이모와 이산경이 했던 말이 떠올라 집중하기 위해 애썼다.

학원 수업이 끝나자마자 버스 정류장을 향해 달렸다. 실시간 버스 도착 안내판에 몇 분 간격으로 도착할 버스들의 번호가 주르륵 지나갔다. 자전시로 가는 버스는 다섯 정거장 전에 있었고, 15분 뒤면 도착할 것이었다. 마음이 놓였다. 곧 올 것을 기다리면 설렜고 마음이 한곳으로만 향해 다른 것은 잊혔다.

나는 휴대폰을 꺼냈다. 그리고 이산경에게 메시지를 썼다.

한봄 나 이제 너희 집으로 가는 버스 타러 왔어.
다섯 정거장 전이래.
조금 이따 봐.

빨리 가고 싶다, 라고 적었다가 지웠다. 너무 좋아하는 티를 내는 건 좀 창피했다. 아니, 부담을 줄 수도 있었다.

버스 도착 안내판을 수시로 보았다. 전광판의 버스 형상이 더디게 움직였다. 애가 닳았다.

마침내 기다리던 버스가 매연을 풍기며 도착했다. 나는 첫 번째로 버스에 올랐다. 승객이 별로 없었다. 빈자리에 앉아 이어폰을 꺼내 귀에 꽂았다. 최근 플레이리스트에 악스트가 있었지만 오늘은 듣고 싶지 않았다. 어차피 김세연 때문에 들었던 거였다. 다른 아이돌의 노래를 찾아 재생 버튼을 터치했다. 경쾌한 리듬이 귓속을 울렸다. 이산경에게 보낸 메시지 창을 열었다. 아직 내가 보낸 메시지 옆에 1이 사라지지 않았다. 버스를 탔고, 출발한 지 5분이 지났는데 왜 아직 메시지를 확인하지 않는 걸까.

나는 이산경에게 다시 한번 메시지를 보냈다.

한봄   산경아, 나 지금 버스 타고 가고 있어.

그 흔한 이응 두 개라도 보내 주면 내가 안심할 텐데. 아니, 메시지 옆의 1이 사라지기만 해도. 하지만 이산경이 정류장에 나와 있겠다고 했고 보내 준 집 주소도 있으니까, 겨우 메시지 확인하지 않은 것을 두고 너무 많은 생각을 할 필요는 없다. 그래, 그럴 필요는 없어. 나는 이어폰을 귀에서 뺐다. 그리고 빠르게 지나가는 창밖 풍경만 보았다. 손바닥에 자꾸 땀이 고여서 여러 번 허벅지에 손을 문질렀다.

자전시에 도착했다.

버스 정류장에는 사람들이 많았다. 사람들과 어깨를 부딪혀 가며 정류장 뒤편으로 갔다. 이산경은 아직 아무 연락이 없었다. 내 메시지를 확인조차 하지 않았다. 빨리 보고 싶은 마음과 무슨 일이 있는 걸까 걱정하는 마음 사이에, 실망과 짜증이 천천히 채워지고 있었다.

혹시 이산경에게 다른 급한 약속이 생긴 걸까. 그래서 나랑 한 약속은 뒤로 밀린 걸까. 이산경은 인싸니까 더 중요한 약속이 생겼을지도 몰라. 그렇다면 어쩔 수 없지만, 나는 또 괜찮다고 하겠지만, 솔직히 밀리는 건 싫다. 선택되지 않는 건 싫어.

이산경에게 전화했다. 신호가 이어지는 동안 가슴이 두근거렸다. 걱정인지 불안인지 짜증인지 분간이 되지 않았다. 어쩌면 그 모든 마음 때문이겠지. 어떤 것도 부정할 수 없는 마음.

이산경은 전화를 받지 않았다.

다시 메시지 화면을 켰다. 내가 보낸 두 개의 메시지 옆에는 여전히 1이 있었다. 나 지금 바람 맞은 건가? 어떻게 해야 하지? 약속을 지키지 않는 사람은 싫다고, 그런 말이라도 미리 해야 했을까.

버스가 토해 놓고 간 사람들이 사라졌을 무렵, 나는 정류장 안으로 들어갔다. 그때껏 정류장 뒤에서 서성인 터라 춥기도 했다. 벤치에는 마스크를 쓴 여자애가 앉아 있었다. 멀찍이 떨어져 앉는 나를 바라보는 여자애의 시선이 느껴졌다. 고개를 돌려 여자애의 반짝이는 눈과 마주쳤다. 익숙했다. 어디서 봤더라. 하지만 지금은 그런 걸 생각할 때가 아니었다. 관해로 다시 돌아가야 할지, 여기서 이산경이 올 때까지 기다려야 할지, 아니면 이산경이 준 주소를 들고 집까지 찾아가야 할지 결정하는 게 먼저였다.

이산경의 집으로 찾아가는 일은 어렵지 않았다. 구글맵으로 검색하면 다 나오니까. 혹시 이산경이 무슨 일이 생겨서 오지 못하는 거라면? 다른 약속이 생긴 거라면?

내가 원하는 건 정해져 있었다. 그게 뜻한 대로 되지 않으니 이도 저도 못하고 망설이는 거지. 나는 지금 이 순간 이산경과 연락이 닿기만을 간절히 바랐다. 그래야 이 모든 불안과 망상이 사라질 것이었다. 다시 전화를 걸어도 통화가 연결되지 않자, 나는 벤치에서 일어났다. 출발은 관해시, 목적지는 이산경의 집. 나는 아직 도착하지 않았고, 멈추고 싶지 않았다. 구글맵을 켜자 화면에 나타난 파란 점이 파르르 떨었다.

벤치 옆에 앉아 있는 여자애를 지나 정류장에서 나왔다. 때마침 버스가 왔길래, 혹시나 하는 마음에 뒤를 돌아보았다. 버스에서는 아무도 내리지 않았다. 버스가 떠난 뒤에도 마스크를 쓴 여자애가 앉아 있는 게 보였다. 나는 그 아이를 보지 않은 척 걸음을 재촉했다. 왜 자꾸 시선을 당기는지 모를 일이었다.

　나는 휴대폰에 뜬 파란 직선을 보며 걷기 시작했다. 파르르 떠는 동그란 점이 내 걸음과 함께 움직였다.

● ● ● 빛과 어둠 때문이 아니고

집은 금방 찾았다.

빌라들 사이에 눈에 익은 빨간 벽돌집이 보였다. 고작 나흘 전에 본 집이었다. 벨을 눌러야겠다, 아니면 전화를 한 번 더 해 볼까, 생각하면서 은색 대문을 향해 걸어갔다.

대문 앞에 도착하기까지 열 발짝쯤 남았을 때였다. 갑자기 은색 대문이 덜컹 열렸다.

"한봄!"

이산경이 다급한 얼굴로 내게 뛰어왔다.

"미안해. 엄마가, 하, 엄마가 전화를 안 끊고 계속……."

"어?"

"다행이다. 찾아와 줘서. 주소 주길 잘했다, 그치."

이산경이 나에게 팔짱을 끼며 안도의 숨을 내쉬었다.

"엄마가, 당장 오라고 난리 치는 바람에, 좀 싸웠어."

이산경은 말하는 사이사이 숨을 크게 골랐다.

나는 조금 맥이 빠졌다.

"다시 관해에 가야 해?"

"아, 아니야. 안 가려고 이렇게 길게 싸운 거야."

다행이었다.

"네 문자도 확인 못 하고, 답장도 못 하고, 마중도 못 나갔다, 미안."

그 말은 거짓이 아니었다.

이산경의 엄마는 자꾸 전화를 했다. 배달 음식을 먹을 때도, 둘이 수다 떨 때도, 집을 구경할 때도, 옛날 사진을 꺼내 보며 정리할 때도. 이산경은 전화에다 대고 때로 화를 내고, 때로는 간절하게 사정하면서 그냥 여기에 있겠다고 했다. 나는 준비해 온 선물 상자도 꺼내지 못하고 있었다.

밤 열 시가 되었을 때 이산경이 난처한 낯빛으로 말했다.

"내일은 좀 일찍 헤어져야겠다."

"응?"

"내일 같이 관해에 가자. 너무 이래서 안 되겠다."

이산경이 화면이 꺼진 휴대폰을 흔들며 말했다.

"내일 좀 느긋하게 가려고 했는데. 아, 정말, 왜 이렇게 눈앞에 못 둬서 안달인지 모르겠어."

"걱정되니까 그러시겠지."

나는 뻔한 말을 했다.

"자기 편할 대로 하는 걱정. 그래, 맞춰 줘야지."

"참."

이때다 싶어 가방에서 상자를 꺼내 왔다.

"그거 뭐야? 선물이야?"

좀 쑥스러워서 머리를 긁적였다.

"네가 저번에 달라고 했잖아."

"내가 저번에? 아! 키링!"

아까와는 달리 이산경의 목소리가 한껏 커졌다. 기대로 눈을 반짝이며 내가 건넨 상자의 뚜껑을 냉큼 열었다.

"우아! 이거 진짜 네가 만든 거야?"

"응. 좀 어설프지?"

"아니, 전혀! 고리까지 달려 있으니까 진짜 어디서 파는 거 같다. 너 진짜 금손이네!"

이산경이 자리에서 벌떡 일어났다.

"당장 가방에 달아야지."

잠시 뒤에 키링을 가방에 달고 다시 내 옆으로 오는 이산경의 손에 연습장이 들려 있었다. 주르륵 넘기는데 거기에는 집 평면도 같은 게 잔뜩 그려져 있었다. 온수매트를 깔아 놓은 거실 바닥에 이산경이 배를 대고 엎드렸다. 그리고 연습장을 펼쳐 네모 칸을 하나씩 그리기 시작했다.

"그건 뭐야?"

"너는 그러니까 인형 만드는 걸 좋아하는 거지?"

내가 고개를 끄덕였다.

"나는 이런 거 좋아해."

"평면도 그리는 거?"

이산경이 고개를 끄덕이며 말했다.

"그러면 더 분명하게 상상할 수 있거든."

그러고는 연습장 한 장을 부욱 찢어 내밀었다.

"나는 너처럼 준비한 선물은 없지만, 같이 상상할 수는 있어. 해 볼래?"

내가 종이를 받아들자, 빈손으로 제 옆자리를 탕탕 쳤다.

"일단 이렇게 누워. 나처럼."

나는 이산경이 시키는 대로 엎드렸다.

"자, 이제부터 한봄 네가 살고 싶은 집을 그려 보는 거야. 외관을 어떻게 할 건지, 안에는 어떤 구조였으면 좋겠는지, 네가 잘 방에 침대나 책상은 어디에다 놓을지 이런 것들 말이야."

이산경은 그림도 잘 그리는지 선을 죽죽 그었다. 하나의 선으로 시작한 스케치는 순식간에 방이 되고 문이 되었다. 신기했다. 금방 그려지는 집들이. 방과 가구 들이. 나는 내가 살 집을 상상해 본 적이 없었다. 소문으로만 들은, 가 본 적 없는 나라를 상상하는 것처럼 막연했고 멀어서 닿지 않았다.

"어렵다."

"어려워?"

내가 엎드린 채로 고개를 끄덕거렸다. 이산경이 골똘한 표정을 짓더니 이내 얼굴이 풀렸다.

"자세가 문제네. 나는 이게 편하지만 넌 아닐 수도 있으니까."

이산경이 갑자기 연필을 놓더니 천장을 향해 바로 누웠다.

"너도 바로 누워. 천장을 보고."

나는 또 이산경이 시키는 대로 했다.

"저기 네모난 천장이 네 방이야. 저걸 보고 상상해 봐. 침대는 어디다 둘 거야? 아니, 침대가 있는 방에서 잘 거야? 아니면 폭신한 요가 있는 방에서 잘 거야?"

"요?"

"나는 할머니랑 폭신한 요에서 잤어. 할머니가 매번 이불호청 꿰맸는데 그게 너무 가슬가슬 포근했어. 너 알아?"

나는 모른다.

"그래서 나는 침대 말고 목화솜으로 만든 요에서 잘 거야. 너는?”

“나는, 침대.”

“침대를 어느 쪽으로?”

이산경이 아주 꼬치꼬치 물었다. 나도 덩달아 꼬치꼬치 대답했다. 이렇게까지 자세히 상상한 적은 없었다. 상상을 꼬치꼬치하자 본 것처럼 그려지는 게 신기했다. 내 방에는 침대와 책상, 1인용 안락의자, 옷장과 화장대와 선반 그리고 빨갛고 동그란 화분에 든 그린썬로즈가 있었다.

불현듯 엄마의 질문들이 떠올랐다. 어릴 적에 엄마가 집을 정리할 때면 내가 대답을 하든 안 하든 봄아, 이건 어디다 둘까? 그래, 여기가 좋겠다. 그럼 이 선반은? 아하, 선반은 창가 아래에 두어야지. 그 위에 화분을 올려 두면 볕을 잘 받을 거야, 했던 게. 그때도 이렇게 신기해했던가. 아니, 나는 사실 신경 쓰지 않았다. 그냥 엄마가 나를 귀찮게 한다고 생각했지.

이산경은 내가 말한 것들을 종이에 그려 보라고 했다. 다시 엎드려 종이에 그리는데, 아무래도 엎드려서 하는 건 불편했다. 나는 일어나 앉아 탁자에 종이를 두고 그리기 시작했다. 선들을 하나씩 그려 나가는 게 어색했지만, 엄마가 했던 말을 떠올리며 선반을 창가에 배치했다. 그리고 그 위에 동그란 화분까지 그려 넣고 그린썬로즈라고 이름을 적었다. 멀어서 닿지 않은 것들이 금방이라도 가질 수 있을 것처럼 구체적인 형태로 나타나 눈앞에 있었다.

"한봄, 그런데 그린썬로즈는 뭐야?"

이산경은 여전히 엎드린 채로 연습장에 그림을 그리는 중이었다.

"그냥 흔하게 생긴 식물. 새빨간 꽃이 핀다는데 아직 본 적은 없어."

"내 말은, 그것만 가구가 아니라서. 나는 식물까지는 상상을 안 해 봤거든. 늘 가구이거니 키튼, 아, 브로마이드까지는 상상해 봤다!"

"그린썬로즈는, 엄마가 사 준 건데 아직도 살아 있어."

이산경의 시선을 느꼈지만 고개를 돌리지 않았다. 이미 완성한 그림에 덧칠을 계속하며 말을 이었다.

"우리 엄마가 나 열한 살 때 돌아가셨거든. 그런데 그린썬로즈는 아직 살아 있어."

이산경이 천천히 일어나 앉았다. 나는 신경 쓰지 않는 척하며 계속 덧칠을 했다. 뻔한 말을 늘어놓으려나.

"너도 식집사야?"

뜬금없는 소리에 나도 모르게 이산경을 휙 쳐다봤다.

"어?"

"그거 그린썬로즈, 네가 키우는 거 아냐?"

"키운다기보다는…… 사실 오래 잊고 있다가 아직도 안 죽고 살아 있는 걸 얼마 전에 발견했어. 그러고 나니까 이제는 좀 간절한 마음까지 들어. 걔는, 안 죽고 계속 살면 좋겠어."

"와. 갑자기 너무 궁금해진다."

나는 바닥에 놓아둔 휴대폰을 집어 들고 사진첩 폴더를 클릭했다. 그동안 찍어 둔 그린썬로즈 사진을 찾아 이산경에게 보여 주었다.

"이렇게 생겼어."

이산경은 사진을 골똘히 들여다보았다.

"그럼 얘가 몇 년 동안 산 거야? 적어도 7년이나 안 죽고 살아 있는 거잖아. 와, 나도 처음엔 진짜 맨날 죽였거든. 할머니는 늘 살려 내고."

내게 의미가 있는 것에 이산경이 감탄해 주어서일까. 뿌듯했다. 사실 난 아무것도 안 했는데. 그린썬로즈 저 혼자 살아남아 있던 것뿐인데.

"우리 집에 놀러 와. 진짜를 보여 줄게."

"당연하지! 꼭 보여 줘."

그린썬로즈를 샀던 날은 여름의 끝 무렵이었다. 엄마가 여름이와 함께 시장에 가자고 했다. 그땐 그게 마지막인 줄 몰랐지만 지나고 보니 마지막이었다. 엄마는 그때가 마지막인 줄 알았을까. 알아서 뜬금없이 화분을 사서 내게 선물이라며 준 걸까.

여름이는 그때 다섯 살이었다. 뒤에서 밀어 주어야 하는 자전거에 냉큼 올라타고 나를 보았다. 엄마가 빙그레 웃었고 나는 한숨을 쉬었지. 귀찮아서 가기 싫었는데 엄마가 도와달라고 했다. 한 번만 도와줘. 엄마가 요즘 부쩍 힘이 든다. 나는 집에서 텔레비전이나 보고 싶었지만, 아니, 여름이의 자전거를 밀어 주기가 싫었지만 바나나우유를 조건으로 여름이가 탄 자전거를 뒤에서 밀며 따라갔다. 오후의 볕이 따갑기는 했어도 무더위는 지나 있었다. 게다가 해가 이울고 있던 참이었는데 엄마는 전에 없이 땀을 많이 흘렸다. 그런 채로 장을 다 봤고, 시장 가방을 든 엄마가 자주 쉬며 집으로 돌아오다 꽃집 앞에서 멈춰 섰다.

"봄아. 저거 어때?"

여름이는 그때 안전띠를 한 채로 자전거 등받이에 기대 꾸벅꾸벅 졸고 있었다. 나는 자전거 뒤에 길게 달린 손잡이를 잡고서 엄마가 가리킨 곳을 보았다. 화분이 여러 개 있어서 무엇을 가리키는지 알 수가 없었다.

"어떤 거?"

"저기 저 빨갛고 동그란 화분."

멜론 크기만 한 빨간 화분 안에 초록색 식물이 가지를 늘어뜨리고 있었다. 화분에 꽂혀 있으니 식물인 줄 알지, 길가에 있었으면 잡초인 줄 알 만큼 흔해 보였다. 특이하거나 예쁘지도 않았다. 새끼 손톱만 한 잎이 줄기를 따라 길게 이어진 것이 전부인 식물이었다.

"그거 왜? 사게?"

"응. 저거 예쁘다."

"뭐가 예뻐. 평범한 풀 같은데."

"평범한 게 안 질려. 매일 새롭게 예뻐."

엄마가 꽃집 안으로 들어갔다 잠시 뒤에 꽃집 주인과 함께 밖으로 나왔다. 꽃집 앞 테라스에 줄지어 늘어선 여러 개의 화분 중에 빨간 화분을 콕 짚자, 주인이 말했다.

"이건 그린썬로즈예요. 햇볕만 있으면 아무 데서나 잘 자라고, 관리하기도 아주 쉬워요. 일주일에 한 번만 물을 주면 오래 잘 자랄 거예요. 지금은 그냥 평범해 보여도 꽃이 피면 빨간 게 얼마나 예쁜지 몰라요."

엄마는 꽃집 주인의 말이 끝나자마자 주세요, 했다.

꽃집 주인이 두꺼운 종이가방에 그린썬로즈를 담아 주었다. 빨간 화분도 그대로였다.

"봄아. 이거 네 거야."

"엄마가 산 건데 왜 내 거야. 난 맘에도 안 든다고."

"엄마가 주는 선물."

나는 입을 삐죽거렸다. 특별히 예쁘지도 않은 걸 대뜸 안겨 주고 선물이라니. 바나나우유나 하나 더 사 주지. 엄마는 내 선물이라고 하면서 결국 자기 마음에 드는 걸 살 때가 많았기에 이번에도 그런 거라고 여겼다. 어차피 다른 것들처럼 엄마만 신경 쓸 테니까. 집에 돌아온 엄마는 그린썬로즈를 해가 잘 드는 창가의 선반에 두었다.

여름이 가고, 가을이 오자마자 엄마는 병원에 입원했다. 나는 여름이와 함께 집에 있을 때도 있었고, 이모 집에 있을 때도 있었고, 엄마 곁에 있을 때도 있었다. 그사이에 그린썬로즈는 완전히 잊어버렸다. 그런데 그날, 엄마가 병원에 입원한 지 석 달 만에 세상을 떠나고 다시 한여름이 되어 땀이 뻘뻘 나던 그 여름날, 이모가 나를 데리러 왔다. 나보고 짐을 챙기라고 했다. 간단히 챙기면 된다고도. 나는 영문을 몰랐고, 책가방을 멨을 뿐이었다. 이모 집에도 웬만한 건 다 있었으니까. 그런데 이모가 말했다. 이제 여기로 돌아오지 않아. 그러니까 꼭 가져가야 하는 건 챙겨.

그때 베란다에 있는 그린썬로즈가 눈에 들어왔다. 나는 일어서서 베란다로 나가 그린썬로즈 화분을 들어 안았다. 엄마가 내게 준 선물이, 그제야 떠올랐기 때문이다.

눈을 떴다. 머리맡을 더듬어 휴대폰 화면을 켰다. 시간은 여지 없이 새벽 네 시. 새벽 두 시쯤에 불을 끈 것 같은데. 게다가 여긴 이모 집이 아니라, 이산경의 집인데. 습관은 장소가 달라져도 바뀌지 않는구나.

보통의 나는 정해진 시간에 자고 정해진 시간에 일어난다. 그리고 해야 할 일들을 했다. 그런데 어느 날부터인가 새벽 네 시에 눈이 떠졌다. 세 시일 때도 있었다. 어떤 날에는 눈을 뜨는 동시에 잠이 싹 달아나 자취를 감췄다. 어떤 날에는 눈을 뜨기 전부터 울고 있었다. 직전에 꾼 꿈 때문일 텐데, 깨고 나면 꿈에서 본 장면도 꽁무니를 감추는 바퀴벌레처럼 홀연히 사라졌다. 그리고 뜬금없는 억울함과 서러움이 솟았다. 이를테면 낮에 학교에서 나에게 함부로 말했던 아이에게 제대로 응수하지 못한 것들이, 그래 놓고도 눈치만 살폈던 내 모습이, 이모에게 저녁밥을 안 먹겠다고 말하지 못한 것까지도.

이 감정의 끝에는 엄마가 있었다. 어린 나를 두고 먼저 죽어 버린 엄마가 모든 일의 원흉 같았다. 내 잘못이 아니야. 엄마가 죽은 게 내 잘못이 아닌데 왜 나는 이런 억울함 속에, 서러움 속에 살아야 하지. 그러나 엄마의 파리한 얼굴과 말라 가는 몸을 기억한다. 이모의 목소리도 들린다. 내 동생 이렇게 된 거 다 우리 때문이야. 우리 쟤만 없었어도 내 동생 무리하지 않았을 거라고! 엄마의 장례식장 안쪽 방에서 흐느끼는 이모 목소리.

함께 살게 된 이후의 이모는 언제나 친절하고 밝았다. 때때로 그날의 이모가, 장례식장에서 나를 피하곤 했던 모습이, 살뜰하게 웃는 이모의 얼굴과 겹쳐져서 머리를 털 때가 많았다. 이모가 그날 그렇게 말한 게 진짜일까. 내가 잘못 들은 건 아닐까. 다정하고 걱정 많은 이모가 그런 말을 했다는 것이 잘못 맞춰진 퍼즐 같았다. 아닐 거야. 조작된 기억일 거야. 그렇게 나를 달래노 새벽 네 시반 뇌년 그 기억은 알람처럼 나를 흔들어 깨웠나. 억울함과 죄책감이 몸속에서 쓰라리게 울리다가 아침 해가 어렴풋이 밝아 올 때쯤에야 잠잠해졌다. 거의 매일 밤 나는 반쯤 잠들고 반쯤 깨어 있길 반복했다.

옅은 어둠이 방 안에 포근하게 내려앉아 있었다. 이산경은 두 팔을 위로 뻗쳐 만세를 외치는 듯한 자세로 자고 있었다. 눈 안이 까끌했고 머리가 멍했다. 그래도 오늘은 우는 채로 깨지 않았네. 겨우 두어 시간밖에 자지 못했지만 울지 않은 것만으로도 다행스러웠다. 이불을 끌어다 요 밖으로 나온 이산경의 다리를 덮어 주고 방 밖으로 나왔다. 남은 잠이 없었다.

어두운 거실에는 음식점에서나 볼 법한 커다란 전자식 시계가 걸려 있었다. 붉은 네 개의 숫자 사이에 있는 두 점이 밤 짐승의 눈처럼 빨간 빛을 내뿜으며 깜빡거렸다. 이 새벽에 갑자기 나타난 나를 향해 사정없이 적대감을 드러내는 것 같았다. 밝을 때는 존재조차 몰랐던, 눈길도 주지 않았던 사물로부터 느껴지는 느닷없는 적의에 긴장되어 조심조심 소파로 향했다. 어두운 곳에서 보는 것들이 어째서인지 낮과는 완전히 다른 사물 같았다. 살아 있는 것 같았다. 갑자기 나타난 내가 침입자가 된 기분이었다. 오래된 물건들에는 영혼이 깃든다던 말이 떠올라 더욱 교교한 느낌에 사로잡혔다.

나는 소파에 앉아 몸을 옹송그린 채로 붉은 빛깔을 띤 어둠 속을 살폈다. 아까 내버려둔 머그잔이, 한쪽에 걸려 있는 효자손이, 유리관 안의 목각인형이 금방이라도 움직일 것 같아 시선을 떼기 어려웠다. 바깥에서는 고양이의 울음소리도 들렸다. 새삼 이곳이 이모 집이 아니라 이산경의 집이라는 것을 의식했다. 잠들기 전에 이곳에서 이산경과 나눈 이야기를 떠올렸다. 안온했고 즐거웠다. 같은 공간인데 그때와 지금이 이토록 다르다니. 단지 빛과 어둠 때문은 아닐 것이었다.

●　●　●　● 불시에 맞닥뜨리는 것들

"이산경!"

눈을 번쩍 떴다. 고개를 돌렸다. 옆에서 이산경이 자고 있었다. 이게 지금 무슨 상황이지. 꿈인가.

"이산경!"

다시 들린 목소리에 몸을 벌떡 일으켰다. 방문 앞에 어떤 아줌마가 서 있었다.

"너는 누구니?"

아줌마가 나를 향해 물었다. 그제야 정신이 들었다. 키가 크고 눈매가 길었다. 이산경과 닮았다.

"아, 안녕하세요. 저는,"

내가 당황스러워서 우물쭈물 인사하는데 이산경이 부스스 눈을 뜨며 일어나 앉았다.

“엄, 마?”

“너는, 이러려고 어제 그렇게 안 온 거야?”

이산경 엄마는 무엇 때문인지 화가 나 있었다. 이산경이 잠에서 깨기도 전에 이미.

“빨리 안 일어나!”

이산경은 엄마의 화가 익숙한 듯 보였다. 놀란 기색도 없이 눈을 비비며 여상하게 말했다.

“엄마. 화부터 내지 말고. 친구 있잖아.”

이산경 엄마는 나를 보았다. 그리고 이내 목소리를 가라앉히려 애썼다.

“엄마가 어제 오라고 했으면 와야 할 거 아냐.”

“그래서 내가 오늘 간다고 했잖아. 약속 있다고.”

“금요일엔 집에 온다고 해서 너 여기 들락거리는 거 허락했어.”

“어제 안 갔다고 지금 이러는 거야? 여기까지 와서?”

“약속을 안 지킨 건 너라고. 내가 아니라.”

“엄마, 나한테도 약속이 있잖아. 왜 그러는 거야, 진짜.”

“너 이렇게 하면 여기서 못 지내!”

“엄마는 융통성 같은 것도 없어?”

나는 이 자리에서 벗어나고 싶었다.

“엄마는 그냥 내가 엄마 말을 듣지 않아서 화가 난 거잖아. 내

사정은 아랑곳없이."

"너!"

"오늘 오전에 간다고 했잖아. 좀 기다려 줄 수는 없어?"

"겨우, 친구랑 같이 자려고 금요일엔 집에 오겠다는 약속을 안 지켜?"

"나한테는 중요한 약속이야!"

아무래도 눈치가 보여 휴대폰을 들고 방을 빠져나왔다. 가방은 거실 탁자 옆에 두어서 금방 찾았다. 입고 있는 옷 그대로 가방만 들고 밖으로 뛰어 나갔다. 뒤에서 나를 부르는 소리가 들렸다. 이어지는 이산경 엄마의 목소리도. 나는 뒤돌아보지 않았다.

서둘러 마당을 가로지르는데, 뭔가 물컹했다. 똥이었다. 불시에 맞닥뜨리는 것들은 이다지도 불쾌했다. 이산경은 왜 저렇게까지 하면서 여기서 살려고 할까. 이제는 할머니도 없고, 엄마도 같이 지내자고 저러는데. 정리해야 할 것들만 잔뜩 쌓아 놓은 창고 같은 집이 대체 뭐가 좋다고. 아니다. 내가 금요일이 좋겠다고 했던 것이 문제였다. 내 잘못이야.

신발 바닥에 묻은 똥을 완전히 털어 내지 못하고 걸었다. 불쾌함이 덕지덕지 붙은 찝찝한 기분은 당최 나아지지 않았다. 아스팔트에 발자국이 찍혔다. 똥 때문이다. 나는 보도블록에 신발 바닥을 마구 문질렀다. 우리 집이야. 이산경이 했던 말이 문득 떠올랐다. 혼자 지내더라도 이곳이 우리 집이라는 사실은 변하지 않아. 하지만 아무도 없이, 아무에게도 속하지 않은 채로 살아도 그럴까? 그래도 우리 집이라고 할 수 있어? 난데없이 솟구치는 화를 이해할 수 없어서 그 자리에 섰다. 이른 봄의 파란 하늘이 나를 깔보고 있었다. 크게 숨을 들이쉬자 아직 찬 공기가 가슴까지 들어찼다. 속이 아렸다.

나는 휴대폰을 꺼내 구글맵을 켰다. 구글맵의 파란 선이 가야 할 길을 선명하게 알려 주었다.

얼마간 걷자, 멀리 버스 정류장이 보였다. 그리로 가는데 정류장 벤치에서 일어서는 한 아이가 보였다. 아이의 모습이 익숙했다. 마스크와 어깨까지 오는 머리. 메고 있는 검정 나이키 가방. 어제 봤던 여자애였다. 버스 정류장을 향해 걷는 중이라 그 애와 점점 가까워지고 있었다. 나도 모르게 힐끔힐끔 눈이 갔다. 그 애는 시선 없는 눈으로 내 곁을 스쳐 지났다. 나도 모르게 뒤돌아 아이를 보았다. 눈길이 떨어지지 않았다. 검정 나이키 가방에서 인형이 달랑거렸다. 때가 꼬질꼬질한 고양이 인형이었다. 여러 군데 실이 터져 너덜거렸다. 나도 옛날에 저런 걸 만든 적이 있는데…….

설마 여름이일까?

그런 상상을 해 본 적이 있다. 여름이를 길에서 만나면 알아

볼 수 있을까? 여름이와는 6년 전에 헤어졌고, 그때와는 얼굴이 많이 달라졌을 텐데. 아이들은 초등학교 중학년이 지나면 얼굴이 점점 달라진다. 나부터도 그랬다. 하지만 똑같은 애들이 있기도 했다. 모두 다 나와 같지 않으니까. 아니, 알아보고 못 알아보고의 문제가 아니라 만나서 무슨 이야기를 할 수 있을까. 잘 지냈냐고, 우리가 그런 별것 없는 인사를 나눌 수 있을까. 상상은 언제나 소용없음으로 끝났다.

그러니까 여름이기 맞든 아니든 따라갈 필요도 없었다. 하지만 몸은 생각과 반대로 움직였다. 나는 어느새 검정 가방에 달린 꼬질꼬질한 고양이 인형을 보면서 따라 걷고 있었다.

따라가서 뭘 하게? 속으로 물었다. 무엇을 알아보려고? 여름이 되면 싱가포르에 가잖아. 이제 가면 정말 못 볼지도 모르니까. 그게 뭐? 헤어진 순간 우린 어차피 남남이 된 거야. 그런데 왜? 스스로에게 하는 질문에 답할 수도 없는 주제에, 내 발길은 멈추지 않았다.

그 애는 한 번도 멈추지 않고 한 번의 머뭇거림도 없이 걸었다. 뒷모습에서 이 길이 아주 익숙하다는 것이 느껴졌다. 나에게는 낯선 길이었지만, 따라 걷는 길은 안심이 되었다. 구글맵이 목적지와 점점 더 멀어지는 파란점을 향해 더 많은 선을 내려치듯 그었다. 나는 휴대폰 화면을 꺼 버렸다.

걷는 동안 그 애의 뒷모습을 찬찬히 살폈다. 키는 아직 나보다 작아 보였다. 150센티 정도 될 듯했다. 많이 컸구나. 마스크를 안 썼더라면 얼굴도 볼 텐데. 어릴 때는 아빠 얼굴을 많이 닮았었는데 지금도 그럴까. 턱의 점도 그대로일까.

그때 손에 든 휴대폰이 드르르 몸을 떨었다. 소스라치게 놀라 하마터면 휴대폰을 바닥으로 떨어뜨릴 뻔했다. 이산경이었다. 나는 얼른 전화를 받았다.

"여보세요?"

"한봄, 너 지금 어디야?"

어디라고 말하기가 좀 애매해서 대답을 멈칫거렸다.

"그렇게 갑자기 가면 어떡해. 깜짝 놀랐잖아."

"아, 미안해. 내가 없어야 될 것 같아서."

"아니야. 내가 미안하지. 버스 탔어? 안 탔으면 엄마 차 타고 같이 가자. 너 옷도 두고 갔어."

나는 이산경 엄마를 다시 마주하고 싶지 않았다.

"아, 옷은 월요일에 돌려주면 안 될까?"

이산경이 잠시 틈을 두고 말했다.

"……우리 엄마가 좀 그랬지. 많이 놀랐어?"

"아니, 그보다 미안해. 괜히 나 때문에."

"너 때문인 거 아니야. 절대로."

딱히 할 말을 찾지 못했다.

"한봄?"

난감함에서 벗어나고 싶었다.

"나 버스 탔어."

나는 거짓말을 했다.

"벌써?"

"응, 버스가 바로 와서."

"그렇구나. 그럼 이따가 잠깐 볼래?"

"아, 아니. 나 새벽에 잠을 못 자서 좀 자야 할 것 같아. 월요일에 학교에서 보자."

이산경은 아쉬워하는 기색이었지만, 알았다며 선선히 전화를 끊었다. 나는 앞서 걷는 그 애의 달랑거리는 고양이 인형을 바라보며 계속 걸었다. 너덜너덜한 저 인형이 혹시 내가 만들어 준 걸까 아닐까 생각하면서.

그 애는 곧 왼쪽으로 몸을 돌렸다. 그리고 2차선 좁은 도로의 횡단보도를 건넜다. 나도 뒤를 따랐다. 토요일 오전이었지만 사람들이 있어서 다행이었다. 다시 또 한참을 걸었다. 손에서 땀이 났다. 저 애가 지금이라도 뒤를 홱 돌아보고는 왜 따라오느냐고 물으면 어떡하지? 나는 뭐라고 답해야 할까? 한여름이 맞냐고 물어야 할까? 나는 한봄이라고, 네 언니 기억하느냐고 말해야 할까?

　횡단보도를 하나 더 건너서 오른쪽으로 돌아섰을 때, 상가에 가려져 있던 나지막한 주택이 보였다. 그곳은 주택 단지 같았다. 낮은 울타리가 있었고 똑같은 집 몇 채가 나란히 위치했다. 상가를 낀 코너를 돌면 바로 집이라 나는 여기에서 멈춰야 했다. 그리고 보았다. 단지 앞 너른 공터에 나와 있는 네댓 살쯤 되어 보이는 남자애와 아빠를. 아빠가 그 애를 향해 손을 흔드는 모습을. 네댓 살 된 꼬마가 여름이 누나, 부르는 목소리를.

　몸을 돌렸다. 나도 모르게 그랬다. 지나온 길을 거슬러 빠른 속도로 걸었다. 쉬지 않고 걸었다.

　맞구나.

　마스크로 가린 그 얼굴이 여름이었어. 아빠는, 한눈에 알아볼 수 있네. 꼬마는 여름이의 동생이겠지. 여름이에게도 나처럼 나이 차 많이 나는 동생이 생겼구나.

　휴대폰을 켰다. 목적지와 다른 쪽으로 걸어가는 파란 점을 향해 회초리를 내려치듯 그어 대던 선명한 파란 선은 이제 하나로 쭉 뻗어 있었다. 아빠와 여름이는 나와 엄마가 함께 살던 집을 떠나 새로운 곳에서 새로운 가족과 살고 있었다. 당연한 사실이 낯설었고 그것은 예기치 않게 상처를 헤집었다. 상처를 파헤친 건 다른 누구도 아닌 나였다.

● ● ● ● **서로의 안**

집으로 돌아왔을 때 이모는 다행히 방에서 자고 있었다. 이모가 깨어 있어도 오늘 여름이를, 아빠를 보았다는 말은 못할 것이다. 나는 가방을 내려놓고 욕실로 들어갔다. 이모에게 지금의 내 상태를 보여 주고 싶지 않았다. 일단 씻어야지. 씻으면 말끔해지겠지.

샤워기 아래에서 온몸이 빨개지도록 타월로 문질렀다. 문지르다 말고 한숨을 쉬기도 했다. 그 애를 본 순간, 고양이 인형을 보고 몸을 돌려 따라간 그 순간을 수없이 되새기며 후회했다. 그대로 버스 정류장으로 갈걸. 왜 따라간 거야, 이 바보 멍청아. 가서 뭐 어쩌려고. 아빠의 모습도 떠올랐다. 6년 전에 헤어졌지만, 아빠는 그때와 별로 달라진 게 없었다. 살도 찌지 않았고, 머리도 벗겨지지 않았다. 예전에는 쓰지 않은 안경을 쓰고 있었지만 단박에 알아볼 수 있었다. 떠올리고 싶지 않을 때도 어김없이 떠올라서 머리를 휘젓게 한……. 그냥 남이다, 그렇게 수차례 되뇌게 하던 그때 그대로의 모습.

욕실 바닥에 주저앉았다. 아빠가 여름이를 보고 손을 흔들던 모습도 떠올랐다. 내게도 그렇게 손을 흔들어 주곤 했지. 아까 상가 코너 앞에서 그 모습을 보며 나도 모르게 발끝을 움찔했다. 여름이를 향해 손을 흔드는 아빠를 향해 달려가려 했던 내 발끝이 미치게 싫었다. 나는 주먹을 쥐고서 발을 쾅쾅 때렸다.

똑똑. 노크 소리가 났다.

"김우리 왔어?"

대답하지 않았다. 대신 바닥에서 일어났다.

"이모 문 연다."

샤워 커튼을 쳤다.

"왔구나. 일찍 왔네?"

이모는 기다리면 될 텐데 늘 이렇게 확인을 했다. 가끔 이모의 이런 면이 못 견디게 싫었는데 지금이 그랬다. 이 시간에 욕실에서 샤워할 사람이 누가 있다고……. 현관에 놓인 신발이라도 보았으면 나인 줄 알 텐데, 굳이 욕실 문을 열어 확인까지 해야 하는 이모의 성정. 혹시 이런 성정이 나를 데려오게 한 건 아닐까. 어쩌면 아빠는 나를 보내려 하지 않았는데 이모가 억지로. 그래서 내가 몰라도 됐을 사실들을 굳이 알려 주면서 내가 뿌리치지 못하도록 내 손을 꼭 잡고 데려온 건 아닐까.

그간 품고 있었는지도 몰랐던 의문이 움트자마자 줄기를 뻗었다. 이모는 화가 났을지도 몰라. 아빠에게 다른 여자가 생긴 게. 엄마가 죽은 지 반년도 지나지 않았는데 새로운 사람이 생겼다고 우리한테 소개한 게.

샤워기에서 뻗어 나오는 물줄기가 정수리를 맞고 사방으로 튀었다. 생각도 사방으로 튀었다. 튀는 물줄기를 막으려면 수도를 아예 잠그면 된다. 생각을 잠그면 되는 것이다. 나는 수도를 잠그고, 물이 뚝뚝 흐르는 머리 위에 수건을 덮어썼다.

욕실에서 나오는데, 이모가 불렀다.

“우리야. 이것 좀 볼래?”

이모가 탁자 위에 늘어놓은 것들은 카탈로그였다.

“싱가포르에 이모 친구가 살고 있다고 했잖아. 처음엔 여기가 좋다고 하더라. 여기서 어학 하고, 시험 준비해서 대학교 준비하면 되겠어.”

이미 몇 번이나 들었던 이야기였다.

나는 이모에게 신세를 지고 있고 그러므로 감사해야 한다. 내게 ‘우리 집’을 선사해 준 사람은 이모였고, 그 안에서 나는 안온하고 살고 있으니까. 그런데 왜 이럴까. 어떤 것이 내 안에서 돋아났고, 그것이 마구 자라 덩굴을 치고 있었다. 보지 않으려 누르고 밀쳐 둔 감정들이 기어코 솟아나 내 몸을 흔들었다. 나는 이제 다시 그걸 누르기도 외면하기도 싫었다. 보고 싶었다. 알고 싶었다. 싱가포르의 이름 모를 어학원 같은 게 아니라…….

내가 이모를 향해 입을 연 순간 이모가 먼저 말했다.

"그리고 우리야, 이참에 개명하자."

개명 이야기는 한 번씩 이모의 입에서 나왔다.

아빠와 여름이가 함께 살던 집에서 나를 데려온 이모는 이제 한봄으로 살 필요가 없으니 개명을 하자고 했다. 내 대답은 정해져 있었다. 친아빠가 아니라는데, 아빠가 아닌 사람이 지어 준 이름을 그대로 쓰는 것은 이모 말대로 '그럴 필요 없는' 일처럼 느껴졌다. 하지만 막상 개명 신청을 하는 건 바쁜 이모에게 번잡스러운 일이었는지 이 일 저 일에 치여 미뤄지기 일쑤였다. 그런 채로 한 번씩, 옷장 정리를 해야 하는데 하듯이, 개명 신청을 해야 하는데, 했다. 내가 반응이 없으면 이모는 오히려 더 집요하게 물으며 뭔지도 모를 것을 기어코 확인하려 했다. 그때마다 나는 아무래도 상관없다는 표정을 지으며 그러든가요, 장난스레 답하곤 했다. 이모는 그런 내 태도를 보고서야 다행스럽다는 기색으로 근데 이모가 너무 바빠, 했다. 그래서 내가 조금 안심했던가.

하지만 지금은 그때와 다르다. 싱가포르에 가야 하니까. 이모는 이제 확실하게 정리하고 싶어진 것이다. 나와 아빠가 관련된 모든 것을. 이어진 모든 것을.

"싱가포르 가기 전에 다 정리하려면 지금 해야 돼. 그래서 이모가 오늘 신청해 두었지."

이모가 나를 향해 씩 웃었다. 나는 더 이상 장난스레 답할 수 없었다.

"근데 너 왜 이렇게 오래 씻은 거야."

무엇부터 말해야 할까.

"우리야?"

나는 얼굴을 가린 수건을 치웠다.

"나 안 가, 이모."

"응?"

"나 개명도 안 할 거고, 싱가포르도 안 간다고."

이모가 카탈로그를 손에 들고 벙찐 얼굴로 나를 쳐다보았다. 해석할 수 없는 외국어라도 들은 듯이. 나는 한 발 늦게 내 입에서 나온 말을 해석할 수 있었다. 뒤따라온 마음도 보았다.

"뭐라고?"

그래서 이모가 되묻는 말에 답할 수 있었다.

"나 그냥 이대로 있고 싶어."

나는 젖어 있는 수건으로 얼굴을 닦고 이모를 향해 고개를 들었다. 충동적이었지만 범주를 벗어난 마음을 보았다. 더는 못 본 척 물러서고 싶지 않았다.

"너 지금 와서 그러면 안 돼."

이모는 어딘가 아픈 것처럼 미간을 구겼다.

"아무도 없이 여기서 너 혼자 살겠다는 거니, 지금?"

작년 말에 이 이야기가 나왔을 때만 해도 고민 같은 건 하지 않았다. 이모네 가족이 싱가포르로 이주할 계획이며 당연히 나도 함께 가는 거라고 말했을 때 오히려 기뻤다. 제외되지 않았다는 것, 혼자 남겨지지 않는다는 것이 나를 안심시켰다.

하지만 이제는 아니다. 그동안 내 안에 있었지만 한 번도 열어 보지 않았던 것들, 꼭꼭 누른 채 닫아 버려서 새어 나오지 않았던 의문들이 나도 모르는 사이에 싹을 틔웠다. 그것들이 틈을 비집고 나와 덩굴을 치고 나를 칭칭 감았다. 이것을 이모에게 보여 주어야 한다. 우리는 너무 오래 서로의 안을 들여다보려 하지 않았다.

"왜 엄마가 죽은 지 6개월 만에 나를 데려왔어?"

갑작스러운 질문에 이모는 짧은 숨을 들이마셨다.

"애가 지금 무슨 소릴, 하."

"아빠가 나 데려가라고 했어?"

"우리야."

"여자가 생겼으니까 나 데려가라고?"

이모가 고개를 흔들며 자리에서 일어났다.

"너 갑자기 왜 그래?"

"이모. 나 아빠가 새아빠인지도 몰랐어. 그때까지."

"뭐?"

"아무도 나한테 설명해 준 적이 없잖아. 당연하게 아빠라고 믿게 해 놓고서 왜 갑자기 그렇게."

"네 엄마가 죽었어. 더 무슨 설명이 필요해."

"이모. 나한테는 아빠야. 아빠였어. 난 엄마도 잃었는데 갑자기 아빠랑 동생이랑도 헤어진 거야. 그런데도 내가 아무렇지 않았을 거 같아? 아빠였는데, 갑자기 아빠가 아니라고 하고. 동생이 있는데 만나지도 못하고. 나 여름이를 길에서 만나도 알아보지도 못……."

이모가 고개를 흔들며 말을 끊었다.

"너 그동안 왜 말 안 했어?"

"말하면? 이모가 만나게 했겠어? 옛날에 살던 동네도 피해 가면서. 그 동네가 어디인지 묻기만 해도 싫어하면서. 그러는데 내가 어떻게 말해?"

이모의 얼굴은 아까부터 창백해져 있었다.

우리 사이에는 잠시 숨소리만 가득했다. 누르지 않고 밀쳐 내지 않고 말을 하는 것이 이렇게나 힘이 들었나. 너무 오래 쌓여 무거워져 그런 걸까.

"네 엄마 그렇게 가고 반년밖에 안 되었는데, 어떻게 딴 여자랑 같이 있단 말이 나돌아."

나는 입술을 깨물었다.

"그 사람도 자신 없다고 했어. 나도 그 사람이 너 꼭 데리고 살 거라고 했으면 안 데려왔어. 근데 내가 묻는 말에 대답조차 못하는데 어떻게 널 거기 둬. 거기 있음 천덕꾸러기 될 게 뻔한데!"

"그래서 그렇게 한밤중에, 갑자기 나 데리러 온 거야? 맡긴 짐 찾아가듯이?"

"뭐?"

"나 그날 밤에 무슨 일인지도 모르고 이모 따라왔어. 그게 마지막인지도 모르고."

"그래서 우리 너 지금 나 원망하는 거니? 너 데려왔다고?"

아니, 그런 말을 하려는 게 아니었다. 고개를 떨구고 바닥에 시선을 고정했다. 답답한 한편 힘이 빠져 숨이 샜다.

"김우리. 왜 이제껏 개명 안 했는지 알아?"

나는 이모를 바라보았다.

"돈만 주면 금방 해 주는 그까짓 걸 왜 지금까지 안 했는데."

"그러니까, 대체 왜 안 했어?"

"너 여름이 아빠랑 아직 아무것도 정리 안 됐어."

이모의 말이 금방 이해되지 않았다.

"법적으로 네 아빠는 여전히 한정수 그 사람이라고."

나는 몰랐다.

"6년 동안 한 번도 안 찾아온 건 그 사람이야."

머릿속이 하얬다. 나는 뭘 바랐던 거지? 뭘 기대했던 거지?

"이래도 안 가?"

이모가 끄응, 소리를 내며 방 안으로 들어갔다.

어느 틈에 수건이 바닥에 떨어져 있었다. 허리를 굽혀 수건을 짚는데 젖은 머리카락의 물방울이 바닥으로 후드득 떨어졌다.

그날은 여름이가 태어난 날이었다. 나는 일곱 살이었다. 여름이는 얼굴이 온통 새파랗고 빨갰다. 잠깐 뜬 눈 안은 캄캄해서 아주 큰 구멍이 뚫려 있는 것 같았다. 다른 아가들은 하얗고 포동포동 귀엽던데 갓 태어난 여름이는 징그럽고 무서웠다. 나는 유리창 저쪽에서 간호사가 안은 여름이를 처음 보고 으앙, 울음을 터트렸다. 옆에 서 있던 아빠가 놀라서 나를 꼭 안아 주었다.

힘들게 나오느라 멍이 들어서 그렇대. 시간이 지나면 괜찮아진대. 봄아. 한봄, 울지 마. 아빠가 등을 토닥이며 주문을 외듯 말했다. 걱정 마. 금방 괜찮아진대.

걱정한 게 아니라 무서웠던 건데 아빠는 그렇게 말했고, 나는 이런 마음이 걱정이구나, 했다. 내가 걱정해서 우는구나. 벌써 동생을 걱정하는 언니가 된 것 같아 우는 와중에도 조금 우쭐했는데, 그건 아빠 때문이었다. 아빠가 좋았다. 엄마가 조리원에서 나온 날에 본 여름이는 여느 아기들처럼 하얗고 포동포동했고, 눈동자가 유리구슬처럼 반짝였다. 컴컴한 동굴은 사라지고 없었다. 모두 다 내 걱정 때문인 것 같았다. 아빠가 나를 보면서, 거봐 다 사라졌지? 했을 때 나는 아빠를 보면서 활짝 웃었다. 봄아, 네 동생 여름이야. 안아 줘. 내가 바운서에 누워 있는 동생을 안으려 하자 아빠가 큰 팔로 나와 여름이를 모두 감싸며 우리 공주님들, 했다.

그랬었는데 어떻게 나를 포기했을까? 왜 한 번도 나를 찾지 않는 걸까?

침대에 누워 이불을 머리끝까지 뒤집어썼다. 이모는 밤이 이슥할 때까지 내 방문을 열지 않았다. 이불 안이 축축하고 뜨끈했다. 시간이 오래 흐르긴 했는지 답답했다.

창밖의 초승달이 얇았다. 이모가 또 베란다의 블라인드를 끝까지 걷어 놓은 터라 보인 것이다. 이불 뭉치를 가슴에 얹은 채 침대에 누운 채로 보는 초승달은 아슬아슬해 보였다. 얇아서 금방이라도 사라질 것 같았다. 이건 그냥 변덕이야. 곧 사라질 마음. 이모를 따라 싱가포르에 가게 되겠지. 진심 같은 거, 진짜 마음 같은 거, 그게 무슨 소용이라고.

커튼을 쳤다. 초승달을 더 보기 싫었다. 달빛인지 가로등 불빛인지 창밖에서 들어오는 빛으로 어슴푸레 밝았던 방 안이 완벽하게 어두워졌다.

● ● ● 기다리는 마음

어떻게 잠들었는지 모르게 잠들었다가 새벽녘에 깨어서는 내 내 눈을 못 붙였다. 마지막 알람이 울릴 때까지 눈을 감은 채 누워 있었다. 뜨지 않은 눈 안이 까끌했다. 혓바늘까지 돋았는지 혀가 아렸다.

방문을 열자 된장찌개 냄새가 훅 끼쳤다. 한숨이 나왔다.

싱크대 앞에서 몸을 돌린 이모가 나를 발견했다.

"일어났니? 밥 먹자."

이모도 잠을 설친 게 분명했다. 동그란 눈이 빨갰고 얼굴도 까칠했다. 저런 얼굴을 하고도 아무 일 없었다는 듯 음식을 하고 웃었다. 나도 장단을 맞추면 그만이다.

나는 이모 말을 명령어로 입력하여 작동을 시작한 로봇처럼 식탁 앞으로 걸어가 앉았다. 식탁 위에는 된장찌개와 계란말이, 불고기, 샐러드, 장조림, 진미채 같은 반찬이 그득그득 놓여 있었다.

물컵을 들고 온 이모도 식탁에 앉았다. 된장찌개에서 올라오는 하얀 김이 이모의 목 근처에 어른거렸다.

"이모가 너 먹이려고 했어. 맛있겠지?"

이모가 손을 뻗어 숟가락을 쥐여 주었다.

"든든하게 먹어야 기분도 좋아져."

나는 이모가 쥐여 준 숟가락을 물끄러미 보다가 된장찌개를 한 입 떴다. 혓바늘 때문에 인상이 찌푸려졌다.

"왜, 맛이 이상하니?"

내 표정을 살피던 이모가 서둘러 된장찌개를 떠서 먹었다. 그리고 고개를 갸웃했다.

"이모 입에는 괜찮은데. 입에 안 맞으면 불고기 먹어 봐."

이번에는 이모가 불고기를 집어 밥 위에 올려 주었다. 무엇을 먹어도 마찬가지일 것이었다. 혓바늘은 당장 사라지지 않고, 나는 내내 인상을 찌푸리거나 통증을 참아야겠지. 혓바늘이 있다고 말해도 이모는 또 다른 것을 내놓겠지. 내가 통증을 느끼지 않았더라면 이모의 장단을 맞출 수 있었을 것이다. 하지만 더 이상 통증조차 없는 듯 굴고 싶지는 않았다.

"이모, 미안. 나 못 먹겠어."

나는 숟가락을 식탁에 내려놓았다.

"우리야."

이모는 하고 싶은 말이 있는 것처럼 입술을 달싹였지만 내가 식탁을 벗어날 때까지 들려오는 말은 없었다.

욕실에서 꽤 오래 양치하고 세수하고 나왔는데도 이모는 식탁에 그대로 앉아 있었다.

학교 가는 길에 버스 정류장이 보였다. 문득 여름이가 정류장에 앉아 있던 모습이 떠올랐다. 나만 저기에 앉아 있었던 게 아니었다. 여름이도 그랬다는 것을 이제 모를 수 없었다. 우리가 마주친 날은 한 번이 아니었다. 내가 자전시에 갈 적마다 여름이는 버스 정류장에 있었다. 아무런 버스도 타지 않고 도착하는 버스와 떠나는 버스의 매연을 맡으면서, 그것들의 뒤꽁무니나 좇으면서, 벤치에 앉아 발끝을 놀리거나 하늘을 보거나 사람들을 구경하면서. 여기서의 나처럼, 내가 했던 모습 그대로, 봤던 걸 따라 하기라도 하듯이 거기에 앉아 있었다.

너는 거기서 무엇을 기다렸을까. 너도 엄마가 보고 싶었던 걸까. 설마, 나를 기다렸을까.

그날 엄마한테 전화가 온 건 오후 다섯 시가 넘어서였다. 학원이 끝나 집으로 가는 길이었다. 엄마는 병원에 갔다가 검사가

늦어져서 여름이를 아직 데리러 가지 못했다고 했다. 지금이라도 여름이를 데리러 가야 한다고. 나는 곧장 여름이가 다니는 유치원으로 갔다. 여름이가 혼자 도서실 책상에 앉아 책을 읽고 있었다. 여름아, 하고 부르자 여름이가 언니, 하면서 와다다 달려왔다. 나는 여름이와 손을 잡고 유치원을 나서면서 엄마에게 전화했다. 엄마는 버스를 기다리고 있다고 했다. 곧 버스 타고 갈 거니까 여름이랑 집에 가 있으라고. 나는 알겠다고 했지만 집이 아닌 버스 정류장으로 향했다.

여름이와 나란히 버스 정류장의 벤치에 앉았다. 그리고 미리 사 둔 막대사탕 두 개를 꺼내서 하나는 여름이에게 주고 다른 하나는 내 입에 넣었다.

"언니, 저기 봐. 타요버스다!"

여름이는 엄청 대단한 걸 발견했다는 듯이 자리에서 벌떡 일어나 손짓했다. 타요버스는 내가 어릴 적에도 있었다. 신기하지 않았지만 엄마가 여름이에게 어떻게 하는지 익히 봐서 알았다.

"저기 로기도 지나간다!"

"와, 로니도 있어!"

여름이가 까르르 웃었다. 그리고 다시 몇 대의 버스를 보내고 나자 못내 지루해진 여름이가 물었다.

"엄마 언제 와?"

“금방 올 거야. 조금만 기다리자.”

3분이 채 지나지 않아 여름이는 또 물었다.

“엄마 언제 와?”

“여름아, 이거 서프라이즈야.”

“서프라이즈가 뭔데?”

“깜짝 놀라게 하는 거.”

“여름이는 그거 좀 무서운데?”

“이거는 깜짝 기분 좋게 해 줘. 서프라이즈는 그런 거야.”

그날 버스를 열 대쯤 보내고, 사위가 완전히 어두워졌을 때에야 엄마는 버스에서 내렸다. 엄마가 우리 둘을 보고 깜짝 놀랐다.

“너희들 집에 안 가고 엄마 기다린 거야?”

“응, 엄마. 서프라이즈 한 거야.”

여름이가 배운 대로 말했다. 나는 옆에서 웃었다.

그로부터 얼마 지나지 않아 엄마는 입원했다. 학원이 끝나면 부랴부랴 내가 여름이를 데리러 갔다. 다들 먼저 가서 썰렁해진 유치원 놀이방에서 나를 기다리던 여름이를 집에 데려와 다시 아빠를 기다렸다. 저녁을 먹고 아빠는 병원으로 갔다. 그런 날들이 두 달 넘게 이어지던 어느 날, 아빠가 이르게 퇴근해서 학원에 왔다. 엄마를 보러 가자고 했다. 언제나 여름이와 함께 갔기 때문에 좀 의아했지만 나는 잠자코 아빠를 따라나섰다. 주말마다 만나던 엄마는 볼 때마다 야위어 갔다. 본 적 없는 얼굴빛에 두려움이 몰려왔다. 갑자기 시든 화초처럼 형체가 무너지고 있는 것 같았다. 아빠 손을 잡고 병실에 들어서자 엄마가 나를 향해 함박 웃었다. 이리 온. 두 팔을 벌린 엄마 품에 안겼다. 엄마는 그사이 혈색이 더 나빠져 있었다. 앙상하게 서걱거리는 몸에서 나는 병원 냄새가 지독했다. 엄마가 나를 안은 채 아빠더러 잠시 나가 있으라 했다. 여자들끼리 할 말이 있다면서. 나는 병실을 나서는 아빠의 뒷모습을 긴장한 눈으로 보았다.

"봄아."

병색이 짙은 엄마의 얼굴이 계속 낯설었다.

"엄마는 하늘나라에 갈 거 같아."

그때껏 나는 보고 들었다. 집에서 본 아빠의 오열, 엄마를 실은 침대가 중환자실을 오가는 다급한 소리. 더불어 이모와 이모부의 한숨과 걱정이 무엇을 의미하는지 깨달았다. 밤마다 엄마를 찾는 여름이에게 엄마는 아파, 집에 못 와, 했다. 무서워서 더 화를 냈다. 그러면 여름이가 왜 못 와! 왜 못 오냐고! 하고 악악댔다. 나는, 너 안 자면 엄마 진짜 안 온다고 협박했다. 그러니까 빨리 자라고 소리를 질렀다. 그제야 여름이는 눈물 가득한 눈을 억지로 감았다. 퉁퉁 부은 눈두덩 밑으로 굵은 눈물이 주르륵 흘렀다. 여름이는 울면서도 눈을 뜨지 않았다. 엄마가 없는 밤은 여름이도 나도 서럽게 했다. 무섭고 두렵게 했다. 그런 밤들을 보내고 있었기 때문에 나는 정작 엄마 앞에서는 울지 않았다.

엄마의 얼굴을 보았다. 엄마는 나를 향해 최선을 다해 웃었다. 내게 웃는 얼굴을 보여 주고 싶은 것 같았다. 나도 엄마의 표정을 따라 하고 싶었다. 나도 엄마에게 웃는 얼굴을 보여 주고 싶었으니까. 하지만 그것까지는 따라 하지 못해서 속상했고 그래서 눈물이 나려고 했다.

"엄마가 아파서 정말 미안해, 봄아."

엄마가 내 손을 더 세게 잡았다.

"너랑 행복하게 살고 싶어서 다, 다 이렇게 한 건데, 미안해."

아니라고 말하고 싶었지만 입에서 한마디도 나오지 않았다.

"우리 여름이 네가 많이 안아 줘. 엄마 대신."

까딱하면 눈물이 흐를까 봐 나는 눈에 힘을 주었다. 얼굴이 떨려 왔다.

"이런 부탁까지 해서 미안해, 우리 딸."

교실 책상 위로 불쑥 나의 후드집업이 놓였다. 고개를 들었다. 이산경이 옆에 서 있었다.

"네가 두고 간 거."

이산경이 말끝에 씨익 웃었다. 내가 어, 하면서 다음 말을 못

찾고 있자 이산경은 내 어깨를 꾹 잡고는 자기 자리로 돌아갔다.
이산경이 자리에 앉으면서 저를 보고 있는 나에게 코를 한번 찡 긋했다.

"너 이산경이랑 완전 친하네?"

김세연이 이산경을 보고 있었다.

나는 얼른 책상에 놓인 내 후드집업부터 치웠다. 그때,

쨍그랑!

김세연이 바닥을 보고 소리를 질렀다.

"어떡해!"

악스트의 메인 굿즈 중 하나인 손거울이 책상 아래로 떨어지며 산산조각 나 버렸다. 내가 후드집업을 치우면서 건드린 모양이었다. 당황스러웠다.

"엇, 어, 저기…… 미안해."

"이게 뭐야! 내가 젤 좋아하는 건데."

김세연이 바닥에 쪼그려 앉아서 깨진 유리를 손으로 집으려 했다.

"세연아, 내가 치울게. 미안. 정말 미안."

나는 얼른 쓰레받기와 비를 가져왔다.

"세연아, 비켜 봐. 내가 할게."

"야. 너 지금 이걸 그걸로 버리겠다는 거야?"

“어?”

“손대지 마. 내가 한다고!”

갑작스러운 소란에 몇몇 아이들이 몰려왔다.

“왜, 뭔데?”

“한봄이 김세연 거울 깼나 봐. 악스트 손거울.”

“헐.”

“저거 시즌 한정이라고 김세연이 겁나 자랑하던 건데.”

김세연은 사각 플라스틱 몸체에, 깨진 거울 조각을 하나하나 담으며 울먹거렸다.

“이거 다시 구하기도 어려운 거란 말이야!”

그때 이산경이 다가왔다.

“왜 그래?”

이산경은 이미 알고서 묻는 것 같았다. 나는 이산경을 쳐다보며 입술을 깨문 채로 고개를 흔들었다. 그리고 다시 김세연에게 고개를 돌렸는데 눈이 마주쳤다.

“뭐야, 너희?”

김세연이 갑자기 일어섰다. 눈에 눈물을 주렁주렁 단 채로 소리쳤다.

“너희 둘이 지금 나 무시하는 거야?”

“야. 갑자기 무슨 소리야?”

이산경이 황당하다는 듯 말했다.

"이까짓 거 깨졌다고 지금 유난 떤다고 생각하는 거지?"

"김세연."

이산경이 진정하라는 듯 이름을 불렀다.

"그럼 너희 둘이 지금 눈 맞추며 뭐 한 건데?"

김세연이 나를 향해 눈을 치켜떴다.

"아니, 그, 그건 일부러 그런 게 아니라,"

"일부러가 아니면 괜찮아야 해?"

"세연아."

"일부러가 아니면 아무 일 없는 듯이 넘어가야 하냐고!"

"뭔데 이렇게 소란스러워?"

어느 틈에 교실로 들어온 선생님의 목소리였다. 아이들이 일제히 소리가 난 쪽으로 몸을 돌렸다.

"한봄이 김세연의 악스트 손거울 깼어요!"

"안 다쳤어? 괜찮으면 둘이 그만 정리하고 수업 준비하자."

모두 제자리로 돌아갔다. 김세연은 다시 바닥에 쪼그려 앉아 깨진 거울 조각과 플라스틱 몸체를 생리대 파우치에 담은 뒤 가방에 넣었다. 나는 남은 부스러기를 쓰레받기에 쓸어 담았다.

자리에 앉고 교과서를 꺼냈다. 선생님이 우리 자리를 지켜보며 기다리다가 수업을 시작했다. 선생님 눈에 띄지 않게 메모지를 꺼내 김세연에게 적어 보냈다.

김세연은 내가 준 쪽지를 읽은 뒤 서랍에 넣었다. 내 쪽으로는 고개조차 돌리지 않았다.

나의 사과는 김세연에게 가닿지 않는 것 같았다. 진심을 담아도 그랬다.

집에 돌아온 나는 침대에 엎드린 채로 악스트 굿즈를 검색했다. 도대체 굿즈가 왜 이렇게 많담. 시즌별로 나온 다양한 종류의 한정판은 당연히 구할 수 없는 상태였다. 김세연은 이런 거까지 다 갖고 있을까. 문득 옷장 안에 있는 인형들이 떠올랐다. 김세연이 가진 굿즈는 혹시 저 인형 같은 걸까. 그것이라도 가져야 하는 순간이 김세연에게도 있는 걸까. 나는 휴대폰 화면을 껐다.

시간이 얼마나 지났는지, 잠깐 잠이 들었나 보다. 이모가 집에 들어온 기척이 났다. 타닥타닥 슬리퍼 끄는 소리, 냉장고 여닫는 소리, 밥솥이 열릴 때 나는 음성 가이드 소리. 이모는 내가 저녁밥을 먹었는지 확인하는 모양이었다. 잠시 뒤, 방문을 노크하는 소리가 났다. 똑똑.

"우리야."

이모는 곧 방문을 열겠지. 확인을 해야 하니까. 아니나 다를까 방문이 열리고 이모가 빼꼼 얼굴을 들이밀었다. 나는 움직이지 않았다. 대신 네모난 빛이 침대 발치의 가장자리까지 뾰족하게 이어지는 것을 보았다.

"저녁은?"

이모가 텀을 두고 물었다. 대답하지 않았다. 이모는 밥솥과 냉장고를 보았으면서도 물었다. 이모가 방 안으로는 들어오지 않고 문을 좀 더 열면서 다시 물었다. 뾰족한 빛이 더 길게 이어졌다.

"방에 불도 안 켜고, 자고 있었니?"

달라진 게 없으니 아무 일도 일어나지 않았다. 나는 크게 숨을 들이켠 뒤 침대에서 일어나 앉았다. 언제나 그랬듯이 해야 할 일을 하면 된다. 이모를 보았다. 이모는 문고리를 잡은 채 서 있었다.

"이모는 저녁 먹었어?"

"아직."

"내가 차릴까?"

이모는 영문을 모르겠다는 얼굴로 나를 빤히 쳐다보았다.

열린 문으로 쏟아지는 각진 빛이 아파서 잠시 눈을 감았다.

"너 무슨 일 있어?"

나는 눈을 감은 채 고개를 저었다. 아니, 아무 일도 일어나지 않았다.

"냉장고에 반찬들 꺼내 놓으면 되지?"

침대에서 나와 이모를 지나치며 여상하게 말했다.

"아니야, 이모가 할게."

"내가 할게. 이모는 씻고 와."

"괜찮아, 우리야. 이모가 빨리 차리잖아."

"내가 차린다니까!"

내 뾰족한 소리에 이모의 걸음이 우뚝 멈췄다. 가슴이 둥둥 뛰었다. 이렇게까지 소리를 지르려던 건 아니었다.

한숨 소리가 들렸다.

"우리 너, 그 동네 갔었니?"

이모가 억누르는 듯한 목소리로 그날의 이야기를 꺼냈다.

"여름이네 동네 말이야."

나는 대답하지 않았다.

"여름이 아빠한테 낮에 연락이 왔어. 여름이가 너 만나고 싶어 한다고. 널 본 거 같다고 하던데."

이모는 말하면서 이마로 흘러내린 앞머리를 흐트러뜨렸다. 미간에 주름이 잡혔다. 내가 말이 없자, 이모가 한숨을 쉬면서 다시 머리카락을 뒤로 넘겼다.

"말을 좀 해 봐. 만나고 싶니?"

수없이 들었던 질문 같은데 처음 듣는 질문 같기도 했다. 대답이 나오지 않았다.

"너 주말에 거기 다녀와서 나한테 그런 거야? 근데 거긴 어떻게 알고 갔어? 거기서 여름이 만났니?"

대답하면 된다. 우연히 봤다고, 진즉에 마주쳤지만 몰랐다가 불현듯 알아보았다고. 그래서 따라갔다고.

"우리야. 말을 좀 해 봐."

그런데 말이 금방 나오지 않았다. 이런 말을 해 본 적이 없어서. 머릿속이 마구 뒤엉킨 덩굴 같았다.

"내가 만나고 싶다고 하면 만나게 해 줄 거야?"

"너 그렇게밖에 말 못해!"

이모가 불쑥 소리를 질렀다. 그러고는 지레 놀랐는지 숨을 가다듬었다.

"내가 언제 너한테, 만나지, 말라고 했어? 나 그런 적 없어."

입 밖으로 내지 않으면 말이 아닐까. 나는 수없이 많은 무언의 말을 들었다. 아빠에 대한 건 아무 말도 하지 마. 그때와 연관된 건 어떤 것도 꺼내지 마. 이모의 표정과 말투, 행동 그 모든 것에서 의지와 상관없이 알아차렸다. 나는 그동안 스스로 알아차려 스스로 입을 닫은 거라고 여겼지만 사실 어느 때에도 스스로는 아니었다.

“이모, 묻지 못한 말은 수도 없이 많아. 이제 더 많아졌고.”

이모의 미간이 더 찌푸려졌다.

“뭐?”

“아빠가 자신 없어 한 게 내 잘못이야? 아빠에게 여자가 생긴 게 내 잘못이냐고. 아니, 그것도 전부 다 내 탓인가? 엄마가 죽은 것도 내 탓인데?”

이모는 입을 벌린 채 미동도 없이 나를 바라보았다. 가슴이 오르락내리락했다. 손끝이 파르르 떨렸다.

“이모가 내 탓이라며.”

이모가 고개를 숙이고 마른세수를 했다. 얼굴을 두 손에 묻은 채로 잠시 있더니 손을 내리고 어깨가 들썩이도록 크게 한숨을 쉬었다. 그런 뒤에 나를 보며 고개를 흔들었다. 내가 한 말에 놀란 것인지 부정하는 것인지 분간할 수 없었다.

이윽고 이모가 입을 뗐다.

“저녁은, 못 먹겠다.”

나는 무슨 말을 기다리고 있었던 걸까.

이모는 그대로 방으로 갔다. 나는 자리에 그대로 서서 쾅 닫힌 이모의 방문을 바라보았다.

모든 게 엉망진창이다.

며칠이 지났다.

이모와 나는 지난 며칠 동안 서로의 기미만 느끼며 비켜 다녔다. 이모부와 서준이가 없는 집은 생각보다 넓었다. 화장실에 가려고 방문을 열다가도 이모의 기척이 들리면 그대로 멈췄다. 아무 소리도 들리지 않으면 방문을 열었다. 애를 쓰니 진짜로 마주치지 않았다.

김세연은 나와 한마디도 섞고 싶어 하지 않는 티를 확실히 냈다. 나는 처분을 기다리는 죄인처럼 눈치만 살폈다. 급식은 한 번 혼자 먹은 뒤로는 먹지 않았다. 때때로 이산경이 젤리나 사탕을 건네주었다. 김세연은 책상 위에 올려진 그걸 무섭게 쳐다보았다. 나는 답답했고, 종내에는 억울해졌다. 거울 한번 깼다고 왜 이렇게까지 하지? 미안하다고 했고, 변상도 해 준다고 했는데? 왜 다들 나를 이렇게 대하지? 내가 뭘 어떻게 더 해야 하는데?

다시 며칠이 지나 새로운 월요일 아침. 교실에 갔을 때 김세연은 내 옆자리가 아니라 다른 곳에 앉아 있었다. 이산경의 바로 뒷자리였다. 내가 김세연을 바라보고 잠시간 서 있자, 김세연이 나를 발견했다. 하지만 이내 고개를 돌렸다. 이산경은 아직 오지 않았는지 자리가 비어 있었다.

"김세연이 하도 바꿔 달라고 해서. 선생님 허락 받았대."

내 옆에 앉은 원주영과는 오다가다 마주친 적이 있을 뿐 말을 해 본 적은 없었다. 원주영에게 잘못한 게 없는데도 어쩐지 미안했다. 나는 응, 하면서 자리에 앉았다.

김세연은 아직도 내가 보낸 쪽지에 별다른 반응이 없었다. 일부러 무시했고, 보란 듯이 나를 밀쳐 냈다. 당연히 나는 혼자가 되었다.

이산경은 3교시가 시작될 때까지도 학교에 오지 않았다. 담임의 엄포 이후로는 좀처럼 지각을 하지 않았는데. 수업 시간에 들어온 담임은 이산경의 부재에 대해 간단히 말했다. 몸이 안 좋대. 잠깐이지만 내 자리에 와 주고, 나를 지나칠 때면 손을 흔들며 인사해 주는 이산경마저 없으니 내 처지가 더욱 처량했다.

그런데 이산경은 정말 몸이 안 좋은 걸까. 김세연의 거울을 깬 날, 연락을 할까 말까 하다가 관둔 게 생각났다. 나 때문에 괜히 듣지 않아도 될 소리를 들었다. 미안하다고 해야 했을까. 요즘은 사방에 죄만 짓고 다니는 것 같았다. 당장이라도 전화를 걸어 볼까. 휴대폰을 꺼냈지만, 정말로 아픈 거라면 방해가 될 터였다. 휴대폰은 그대로 주머니에 넣었다. 씩씩한 이산경은 나 아니어도 또다시 농담을 하며 돌아올 것이다.

학원 수업이 끝나고 집으로 가는 길에 버스 정류장의 벤치에 앉았다. 학교에서 여기까지 고작 10분 남짓한 거리지만 나는 하루 종일 걸은 사람처럼 고단했다.

버스가 왔다. 자전시로 가는 버스가 잠시 정차했다가 태우는 사람 없이 출발했다. 나는 정차했다가 출발하는 버스들을 바라보았다. 버스가 왔다가 가고, 다시 왔다가 가고……. 다시 자전시로 가는 버스가 왔다. 익숙한 버스는 아까처럼 잠시 정차했다가 태우는 사람 없이 출발했다. 문득 버스의 뒤꽁무니를 바라보던 여름이가 떠올랐다. 발끝을 놀리던 모습도. 집을 두고도 매연 가득한 여기에 앉아 있는 우리 둘의 모습이 겹쳤다. 가슴이 뻐근했다. 자리에서 일어섰다. 너무 오래 앉아 있었다.

오늘은 현관조차 한 번에 열리지 않았다. 키패드에 터치가 제대로 안 된 것인지 자꾸만 삐비빅 삐비빅 소리가 났다. 짜증을 누르느라 여러 번 큰 숨을 들이쉰 뒤에 다시 한번 키패드를 눌렀다. 이번에는 문이 열렸다.

현관에 낯선 신발이 있었다. 이모의 손님까지 온 모양이었다. 중문을 열고 거실로 들어섰다. 이모와 여름이가 동시에 소파에서 일어나 나를 향해 섰다.

이모가 여름이와 나를 번갈아 보며 말했다.

"여름이가 너 보고 싶다고 해서. 내가 말했지? 연락이 왔었다고?"

여름이는 마스크를 끼고 있지 않았다. 어릴 적 얼굴이 보였다.

아빠를 닮아 눈꼬리가 더 길어졌고, 볼이 홀쭉했다. 엄마처럼 턱 언저리의 점도 그대로였다. 보고 싶던 얼굴을 보는 것이었는데도 몹시 불편했다.

"이모."

나는 여름이에게서 눈을 떼지 않은 채 말했다.

"똑같잖아."

"그래, 여름이 오랜만에 봐도 똑같지?"

이모가 내게로 다가오며 손을 뻗었다. 나는 이모가 다가온 만큼 뒤로 물러났다.

"그때와 하나도 달라진 게 없다고."

"우리야, 무슨 말이야?"

"이렇게 또 갑자기, 아무 준비도 안 됐는데."

"응?"

"미리 물어봤으면 좋았잖아. 그럼 나도 준비란 걸 할 테고."

"너도 만나고 싶어서 그런 거잖아!"

"이제까지는 왜 만나게 해 주지 않았어? 왜 지금인데? 이제 싱가포르에 가야 하니까?"

이모가 답답한 듯이 한숨을 쉬었다.

"우리야."

"이거 다 이모 마음 편하려고 그러는 거잖아. 나 아빠한테서 데려오던 그날처럼.”

“김우리!”

이모를 보았다.

“아니야?”

이모는 입술을 꽉 깨물고 나를 노려보았다. 여름이는 이모 뒤에서 울 것 같은 얼굴로 서 있었다.

나는 몸을 돌렸다. 이렇게 보고 싶지 않았다. 그동안 그리워했다고 해서 이렇게 덥석 보여 주면 그저 좋아하며 감사해야 할까. 지난 일은 괜찮다며 모두 없던 일로 해야 할까.

“언니.”

뒤에서 여름이 목소리가 들렸다. 나는 멈칫했다. 오랜만에 만나 보여 준 모습이 겨우 이런 거라니.

“보고 싶었어.”

뒤를 돌아보았다.

여름이가 한 발짝 나를 향해 다가왔다. 나는 고개를 저었다.

“여름아. 나중에. 나중에 언니가 연락할게.”

나는 신발을 신었다.

“우리야!”

이모의 목소리가 들렸지만 뒤돌아보지 않았다. 곧바로 집을 나와서 아직 13층에 머물러 있는 엘리베이터를 탔다. 닫힘 버튼을 계속 눌렀다.

엘리베이터에서 내려 아파트를 빠져나왔다. 갈 데가 없었지만 무작정 뛰었다. 아파트 정문을 막 나서려는 참이었다.

"봄아, 한봄!"

나는 계속 뛰었다.

"봄아! 한봄!"

누군가 내 팔을 잡아챘다. 몸이 휘청거렸다. 두 손이 내 어깨를 잡았다. 고개를 들었다. 아빠였다.

"갑자기 뛰어서. 어디, 어디 가려고?"

아빠가 옛날과 같은 얼굴로 내게 물었다.

"여름이 기다리는 중이었어. 나는, 가면 안 될 것 같아서."

그런데 낯설었다.

"아. 오랜만인데 인사도 못했구나. 잘 지냈니? 많이 컸구나."

"다들 왜 이래요?"

"응?"

"또 왜 이러냐고요!"

나는 아빠의 손을 뿌리쳤다. 그리고 뛰었다. 계속 뛰었다. 뒤에서 나를 부르는 소리가 들렸다. 먼 데서 들려오는 소리 같았다. 아주 오래전에 들어 본 소리. 기억하려고 할 때마다 잘 기억나지 않던 엄마 냄새 같은 소리. 사실은 듣고 싶었던 소리였다는 것을 나를 부르는 아빠의 목소리가 더 이상 들리지 않았을 때 깨달았다.

버스 정류장에는 자전시로 가는 버스가 거짓말처럼 서 있었다. 나는 한 치의 망설임도 없이 버스 안으로 뛰어들었다. 버스는 오직 나를 기다리고 있었던 것처럼 곧바로 출발했다. 정류장이 점점 멀어졌다. 검은 차창 밖으로 아빠가 뛰어오는 모습이 보였다. 아빠의 모습이 어둠에 묻혀 완전히 사라질 때까지 눈을 떼지 않았다.

● ● ● 빈집의 초인종

이산경의 집을 향해 걸었다. 이제 구글맵을 켜지 않아도 찾아갈 수 있었다. 이산경이 집에 있을지 없을지 알 수 없었지만, 발길이 멈춰지지 않았다.

마침내 눈에 익은 은색 대문이 나타났다. 대문 안쪽은 캄캄했다. 이산경은 오늘 이곳에 없는 것 같았다. 아프다고 했으니까 당연히 엄마 집에 있겠지. 하지만 벨을 눌렀다.

뚜우우욱, 길게 이어지는 초인종 소리가 귓가에 울렸다. 이산경이 없어도 괜찮아. 만나지 못해도 괜찮아. 초인종을 눌러도 되는 곳이 있잖아. 이산경은 내가 여기 왔다는 걸 알면 달려와 줄 거야. 다정하고 씩씩한 이산경은 분명히 그렇게 할 거야. 그렇지만 지금은 아프니까…… 어쩔 수 없는 아쉬움에 빈집의 초인종을 몇 번이나 누르고서 대문 앞에 털썩 주저앉았다. 잠시만 쉬고, 다시 돌아가자. 잠시만.

은색 대문 앞에 쭈그려 앉아 가로등이 드문드문 비추는 골목길을 보았다. 의식하지 못하고 지나온 길이 꽤 어두웠다. 그때 외투 주머니 속 휴대폰이 또 울렸다. 꺼내 보니 역시나 이모였다. 여기로 오는 버스에서도 이모는 계속 나한테 전화를 했다. 다시 이모 집으로 돌아갈 것이다. 산경이도 없으니 딱히 갈 데도 없어. 그렇더라도 당장은 받고 싶지 않았다. 휴대폰 진동음이 마치 통증처럼 느껴졌다.

그때였다. 안쪽에서 인기척이 들렸다. 곧이어 터벅터벅 발걸음 소리도 났다. 철커덩 대문이 열렸다.

"한봄?"

이산경 목소리였다. 여기에 있었구나. 없는 줄 알았는데. 초록 개구리가 그려진 극세사 잠옷 바지가 보였다. 그 아래 삼선 슬리퍼 속의 하얀 발가락들. 한쪽 발이 대문을 성큼 넘어왔다. 고개를 들자 눈을 동그랗게 뜬 이산경이 있었다.

"너, 괜찮아?"

"선생님이 너 아프다고."

"일단 들어와."

이산경이 내 팔을 끌어당겼다.

"아픈 거 아니야?"

"빨리 들어오기나 해."

나는 산경이의 팔을 맞잡은 채로 대문 안으로 들어섰다.

"연락이라도 하고 오지 그랬어. 나 없으면 어쩌려고."

안도감에 대답할 여력이 없었다.

시간이 꽤 지났는데 집 안은 우리가 함께 정리했던 그 금요일에서 달라진 게 별로 없었다. 더 정리되지도 않았고 더 어지럽지도 않았다. 그래서 편했다. 내가 아는 모습 그대로인 것이. 고작 두 번 왔었을 뿐인데도.

내가 집 안을 둘러보고 있자 산경이가 말했다.

"너 없이도 좀 해 보려고 했는데, 그때도 말했지만 정리에는 진짜 소질이 없다, 내가."

어딘가 풀 죽은 얼굴로 산경이가 덧붙였다.

"그래도 그때보다 더 어지르지는 않았어. 그게 최선이었지."

나도 모르게 피식 웃음이 샜다.

"갑자기 무슨 일이냐고 물으면 말해 줄 거야?"

나는 대답 없이 바라보기만 했다. 산경이가 다시 물었다.

"밥은 먹었어?"

문득 우리가 오늘 처음 만났다는 걸 깨달았다.

"학교는 왜 안 왔어?"

거실 등 아래에서 본 산경이는 아파 보이지 않았다.

"아, 맞다. 나 오늘 학교 안 갔지."

산경이가 마른세수를 한 뒤에 나를 보며 웃었다. 웃음이 어쩐지 한숨 같았다.

"엄마가 이 집 팔았대."

"뭐?"

너무 놀라 되물었다. 이 집을? 그건 산경이가 더 이상 여기에 살지 못한다는 뜻이었다.

"이미 내놓았다고 하더라. 나한테는 말도 안 해 주고. 하, 진짜."

산경이는 짜증을 억누르듯 크게 숨을 들이켰다.

"그거 때문에 엄마랑 좀 싸웠어. 그래서 학교에도 안 갔고. 휴, 내가 이 집에서 지내는 게 싫으니까 그냥 팔아 버리고……. 어른들은 참, 쉽지."

그래. 어른들은 참 쉽다.

"그럼 이제 어떡해?"

"별수 있냐. 마음 같아서는 노숙이라도 하고 싶지만, 그건 또 좀 무섭고……. 힘없는 어린애는 닥치고 하라는 대로 해야지."

어떤 말을 해야 할까. 할 수 있는 말도 해 줄 수 있는 일도 없었다. 우리는 언제나, 여전히 무력했다.

"그건 그렇고, 벌써 아홉 시네! 나 배고픈데, 한봄 너 밥은 먹었어?"

그러고 보니 저녁밥도 아직 못 먹었다. 나는 고개를 저었다.

"라면 먹을래?"

불어 터진 라면이 생각났다. 무척 먹고 싶었다.

"좋아."

산경이가 인덕션에 물을 올려놓고 옷을 내주었다. 나는 간단하게 씻은 뒤에 옷을 갈아입었다. 개운했다.

"이번에는 미리 햇반도 데웠지."

저번처럼 라면 국물이 찍힌 책 위에 냄비를 올렸다. 콧속으로 들어오는 라면 냄새에 나도 모르게 군침이 돌았다.

라면을 앞접시에 더는데 역시나 불어 터진 라면은 중간에 끊겼다. 그럴 줄 알았으면서도 웃겼다. 쿡 웃으면서 다시 라면을 집으려는데 산경이가 잠잠했다. 시선을 돌리니 산경이는 울고 있었다. 자꾸만 끊어지는 라면을 집다 말고.

"아이 씨, 또 왜 이래."

"산경아."

"라면 못 먹겠다."

산경이가 볼 위로 흐르는 눈물을 쳐냈다.

불어 터진 라면에 대한 기억이 내게 새로 생겼듯이, 그래서 불은 라면만 보아도 산경이가 생각나듯이, 산경이도 할머니를 떠올렸다는 걸 쉽게 짐작할 수 있었다.

우리는 라면 대신 데운 즉석밥과 김을 먹었다. 그것으로도 허기는 채울 수 있었다.

"내일은 엄마 안 올 거야."

산경이는 그날 이야기를 하고 있었다. 내가 이 집에서 도망치듯 나간 날, 그 바람에 우연히 여름이를 알아보고 따라간 날, 그래서 6년 만에 처음 아빠를 보았던 날.

산경이가 계속 말했다.

"엄마랑 싸우면서 며칠은 여기에서 지낸다고 했어. 대신 내일부터는 학교에 가기로 했고."

내가 고개를 오래 끄덕거리다가 말했다.

"그럼 나도 여기 며칠 있어도 돼?"

산경이가 잠시 놀란 표정을 짓더니 인사하듯 고개를 숙이며 말했다.

"그래 주면 고맙겠습니다."

다행스러움이 온몸으로 퍼지는 듯했지만 그것도 잠시였다. 잊었던 걱정이 밀려왔다.

"이 집 팔려서 어떡해."

"할머니 돌아가시고 나를 신경 쓰는 거야 나도 알아. 하지만 왜 곁에 못 둬서 안달인지 모르겠어. 이제 나도 혼자서 살 수 있는데. 정작 필요했을 땐 온갖 핑계 대면서 할머니에게 버렸으면서.”

“그래서 원망해?”

“뭘? 이 집을 판 걸?”

“아니. 할머니한테 너를…….”

산경이 두 손을 내저었다.

“에이, 차라리 다행이야. 그때 엄마가 그렇게 하지 않았으면 할머니랑 함께 못 지냈을 테니까. 하지만 이 집을 팔아 버린 건 진짜 너무 짜증 나!”

다시 짜증이 솟구친 것인지 산경이가 몸을 부르르 떨었다. 하지만 무력한 감정은 짧게 타오르다 금방 사그라들었다. 산경이는 어딘가 지친 모습으로 소파에 기댔다.

“혼자서 살 수 있을까?”

나도 모르게 튀어나온 말이었는데 산경이가 자기한테 묻는 말이라고 생각했던지,

“이미 혼자서 살고 있잖아.”

하면서 여길 보라는 듯이 두 손을 들어 보였다.

“정리는 잘 못해도 혼자서 살 수는 있었다고!”

사실 정리는 별게 아니다. 흐트러져 있어도 어디에 무엇이 있는지 쓰는 사람만 알면 된다. 혼자 사는 건 내가 쓰는 공간에 나

만의 질서를 부여하는 것이고 산경이는 그걸 하려고 했다. 그건 어디에 속하는 거랑은 상관없는 일이니까. 이어져 있다는 것은 사실 거리와는 상관없는지도 모른다.

"할머니랑 있을 때는 아무 문제도 안 되던 게 엄마 아빠랑 있으면 자꾸 문제가 됐어. 그게 싫었어. 할머니를 부정당하는 기분이 들었거든."

"할머니를 지키고 싶었구나."

"나를 지키는 것이기도 하고. 게다가 여기 있으면 할머니를 마음껏 생각할 수 있잖아."

산경이가 말끝에 히죽 웃었다.

"나는, 버스 정류장에 가."

"버스 정류장? 왜?"

"엄마가 보고 싶으면."

"아. 그래서 거기에 있었던 거구나?"

내가 고개를 끄덕였다.

"나도 자전시에서 살았어."

산경이의 눈이 휘둥그레졌다.

"정말? 언제까지?"

"5학년 때 관해시로 간 거야."

"아, 그래서 너 여기 처음 왔을 때 그랬던 거구나. 막 두리번거리고!”

내가 고개를 끄덕였다.

“어쩐지 좀 이상하다 했어. 그래서?”

산경이가 다정한 표정을 지으며 궁금해했다. 나는 기꺼이 내 안을 열어 보였다. 담아 두었더니 틈으로 억지로 비집고 나와서 덩굴진 것들과 함께.

말은 끝없이 뻗어 있는 줄기처럼 계속 이어졌다.

“엄마가 여름이를 많이 안아 주라고 했는데……. 여름이도 보고 싶고, 아빠도 보고 싶은데 그걸 이모한테 말하면 안 될 것 같았어. 이모는 평소에는 다정해도 아빠 이야기만 나오면 싫어했거든. 여름이 이야기는 더 괴로워하는 것 같았어. 그래서 그냥 아무 생각도 하지 말고 아무 말도 하지 말자, 내내 그랬던 거 같아. 생각나려고 하면 누르고. 또 이모가 나랑 안 살아 주면 어쩌나 겁도 났던 거 같아. 나는 갈 데가 없으니까. 근데 이렇게 쉽게, 여름이도 아빠도 볼 수 있는 거였나 싶어서 화가 나. 이렇게 쉽게 볼 수 있는 거였다니.”

“어른들은 참 쉽지.”

산경이가 중얼거렸다.

눈을 뜨니 여명이 밝아 오고 있었다. 한 번도 깨지 않고 이제까지 잤다. 몸도 가벼웠다. 아직 자고 있는 산경이를 피해 거실로 나왔다. 나오자마자 눈에 띈 건 한쪽으로 모아 둔 짐이었다. 그걸 보자마자 오늘 해야 할 일이 떠올랐다. 이제 곧 팔릴 집이었지만 떠날 때 해야 하는 것 역시 정리였다.

야옹. 멀리서 고양이 소리가 들렸다. 지난번에도 고양이 울음소리를 들었다. 설마 같은 고양이는 아니겠지. 맞다고 해도 알아볼 방법이 없었다. 현관문을 열고 마당으로 나갔다. 고양이는 보이지 않았다. 대신 이제 더는 차갑지만은 않은 새벽 공기가 콧속으로 들어왔다. 상쾌했다. 기지개를 켰다.

마당 한쪽에 나무 한 그루가 높이 솟아 있었다. 지난번에 봤던 그 나무일까. 여명 속 나무는 거뭇한 그림자처럼 보였다. 연

듯빛 새잎이 돋아나 있는지 궁금해졌지만, 그것까지는 보이지 않았다. 나는 계단에 걸터앉았다. 그러고 보니 새벽녘의 하늘은 노을이 지는 하늘과 닮아 있었다. 밝아지기 위해서도 어두워지기 위해서도 얼마간의 어둠이 필요한 모양이었다. 어둠을 오래 본 것 같은데 어느덧 하늘이 밝아졌다.

얼마나 그렇게 있었을까. 뒤에서 현관문 열리는 소리가 났다.

"벌써 일어났어?"

돌아보니 산경이도 기지개를 켜고 있었다.

"봄이 온 건가? 이제 안 춥다."

산경이가 하품까지 크게 하고는 뭐라고, 했다.

"산경아, 오늘 봄맞이 대청소 어때?"

"나 학교 가야 되는데? 그리고 이 집 팔렸다니까."

"응, 알아. 그리고 나 오늘 학교 안 갈 거야."

산경이의 눈이 휘둥그레졌다.

"진짜?"

"응, 그러니까 대청소 내가 해 줄게."

산경이가 내 옆에 털썩 앉으며 중얼거렸다.

"아, 나도 학교 가기 싫다."

"오늘은 가기로 했다며? 가야지."

말하는 내가 꼭 산경이 엄마 같았다. 머리를 흔든 뒤 마당을 바라보며 말했다.

"가지 말래?"

잔디밭 위로 노란 아침 햇살이 넓게 퍼져 있었다. 나는 슬리퍼를 벗고 잔디밭으로 발을 뻗었다. 발바닥에 닿는 잔디가 까슬까슬하고 푹신했다. 갈색 잔디와 초록색 잔디가 아무렇게나 섞여 있고, 군데군데 마른 흙들이 저들끼리 엉켜 있었다. 이 집에 처음 왔을 때 맡았던 냄새가 여기서도 나는 것 같았다. 이제는 익숙해진, 여러 가지가 뒤엉킨 냄새. 아무것도 싫지 않았다. 잔디에 앉아 고개를 젖혔다. 다시 하늘이 보였고, 컴컴한 그림자 같았던 키 큰 나뭇가지에 티끌처럼 돋아난 연둣빛 새순이 보였다. 본 적 없는 색을 처음 마주한 것처럼 눈이 커졌다.

산경이는 학교에 가지 않았다. 선생님에게는 아직 다 낫지 않았다고 했다. 나도 이모에게 메시지를 보냈다. 친구 집이고 오늘은 학교에 가지 않을 거라고. 그러고는 어제처럼 휴대폰을 껐다.

"이제 시작해 볼까?"

일단 창문부터 모두 열어야 했다. 창틀에 먼지가 켜켜이 쌓여 있었다. 짙은 고동색 나무 창틀은 역시나 잘 열리지 않았다. 두 손으로 밀어도 마찬가지였다. 물티슈를 꺼내 먼지부터 닦아 냈다. 물티슈가 금방 새까매졌다. 그 물기 때문에 창문이 더 열리지 않았다. 기름이라도 부어야 하나.

"안 열려?"

산경이가 다가왔다. 나는 창에서 한 발짝 물러났다. 산경이가 말을 하지, 하면서 진초록 소파에 무릎으로 섰다. 그리고 커다란 창의 뒤쪽 중간을 툭툭 치며 밀었다. 그 가벼운 손짓 몇 번에 창이 드르륵 열렸다. 산경이가 의기양양하게 나를 돌아보았다.

"이것도 잘 달래야 열려. 다 여는 방법이 있다고."

맞다. 모두 저마다 여는 방법이 따로 있지.

산경이가 거실 창을 모두 여는 사이 나는 거실 입구 쪽에 걸린, 골동품처럼 보이는 먼지털이를 꺼내 들었다. 이 먼지털이 또한 옛날 가정집을 재현해 놓은 박물관에나 있을 법했다. 내가 지나는 자리마다 먼지들이 공중에서 풀풀 날렸다. 나는 얼른 '골드스타 선풍기'를 거실 중앙에 켜 놓았다. 선풍기는 거실 한쪽에 먼지를 뒤집어쓴 채로 세워져 있던 것이었다.

"덥지도 않은데 선풍기는 왜 틀어?"

산경이 진심으로 궁금하다는 듯이 물었다.

"여기 먼지들을 밖으로 날려 보내야지. 이대로 두면 다시 그대로 가라앉아."

내가 거실 바닥을 가리키며 말했다.

"오. 한봄, 너 뭐야. 청소 전문가야?"

산경이가 자꾸 나를 웃겼다. 나는 먼지를 다 턴 다음, 거실 한쪽으로 치워 둔 짐을 가리켰다.

"우선 저기 있는 것부터 정리할까?"

산경이는 내 질문에도 뭘 해야 하는지 모르겠다는 멍한 얼굴로 고개만 끄덕끄덕했다. 곧 팔리더라도 여긴 엄연히 산경이의 집이었다. 제집이면서도 나의 허락을 기다리는 모습에 자꾸 웃음이 났다.

나는 쌓아 둔 짐을 하나씩 살펴보면서 말했다.

"일단 버려도 되는지 안 되는지 산경이 네가 분류해 줘."

"버리면 안 돼."

"보지도 않고?"

"여기 있는 거 아무것도 안 버려."

정리정돈의 기본은 버리는 것이라고 엄마가 말했다. 기억 속 우리 집이 언제나 쾌적했던 이유는 엄마가 늘 정리정돈을 하고 쓸고 닦았기 때문이라는 걸 이제는 안다. 나는 엄마 때문에 알고 싶지 않아도 알게 된 것들이 있는데, 청소를 하기 전엔 집 안의 문을 먼저 열고 쓰지 않는 건 분류하여 버리고……. 지금 내가 여기서 하는 것들이었다. 나도 모르는 사이에 새겨진 것. 엄마가 새겨 준 것. 내 안에서 엄마를 느끼는 것. 엄마와 나는 여전히 이어져 있었다. 죽음과 삶 사이의 이어짐이란 이런 것일까.

"안 버린다니까."

산경이가 다시 한번 강조하듯 말하는 바람에 정신이 들었다.

"버려야 정리가 돼."

나는 내가 아는 것을 말했다. 산경이는 아랑곳하지 않고 고개를 흔들었다.

"버리지 않는 다른 방법을 말해. 난 절대로 버리지 않을 거라고."

집이 팔린 이상, 이 짐들을 버리지 않는 것 말고는 방법이 없어 보였지만 산경이의 마음이 중요했다.

"정 그러면 창고처럼 쓸 방을 하나 정해서 거기다 옮기자."

그제야 산경이가 고개를 끄덕이며 부엌 옆에 난 방문을 가리켰다.

"저기가 창고처럼 쓰는 방이긴 한데……."

가리킨 쪽으로 걸어가 방문을 열었다. 아니나 다를까, 거기에도 이미 짐이 꽉 차 있었다.

"여기에다 뭘 더 둘 수 있을 것 같지는 않은데?"

산경이도 인정하듯 고개를 끄덕거렸다.

"그러면 다른 방을 창고로 쓰지 뭐."

산경이가 현관 입구에 놓인 방문을 열었다. 나도 뒤따라갔다.

옷장과 서랍장, 커다란 빨간 무더기들이 서랍장들 곳곳에 쌓여 있었다. 그곳도 창고와 다르지 않았지만 아까보다는 빈 공간이 많았다.

"그래. 여기가 낫겠다."

나는 검정 매직을 들고, 박스 겉면에다 안에 든 물건이 무엇인지 써 놓는 일부터 했다. 산경이는 이 단순한 것도 생각한 적이 없는 양 나를 보고 감탄하며 뜬금없는 소리를 했다.

"너는 할머니가 보내 준 게 분명해."

"뭐?"

"그렇지 않고서야 하필 지금 내 앞에 딱 나타난 너를 어떻게 설명할래?"

"뭐래."

나는 검정 매직 뚜껑을 입에 물었다. 그리고 첫 번째 박스 겉면에 인형들, 이라고 썼다.

"그런데 이 인형들은 정말 버려도 되는 거 아냐? 갖고 놀 것도 아닌데?"

고개를 쭉 빼고 박스 안을 본 산경이가 또 머리를 흔들었다.

"저거 다 할머니가 사 줬어. 나 어릴 적에 갖고 놀던 인형들이라고. 아무것도 못 버려."

"이거 네가 안 버려도 어차피 다른 사람이 버리게 될걸. 니네 엄마라든가……."

"아니!"

산경이는 자기가 그런 일이 일어나도록 가만히 있을 성싶으냐
며 내 말을 부정했다. 어쨌든 다시 산경이의 의사를 확인했으니
테이프를 길게 쭉 뜯어 박스 입구를 봉했다.

그렇게 하나씩 이름을 쓰고 테이프로 봉한 박스들을 창고 방
으로 옮겼다. 이미 짐이 꽤 있었던 곳이어서 테트리스 게임이라
도 하는 것처럼 칸칸이 채워 넣어야 했다. 하지만 정리하고 이름
을 붙여서인지 무엇이 어디에 있는지 한눈에 보였다. 정리는 결
국 이런 것이었다. 알아볼 수 있게 하는 일. 내가 이모한테 해야
하는 것도 결국 이런 일인지도 모른다. 화를 내고 피하는 게 아
니라 내 마음을 알아볼 수 있게 하는 것. 차근차근 이름을 붙여
보여 주는 것.

거실이 얼추 정리되자, 그다음은 마당이었다. 나는 마당 청소
는 해 본 적이 없었다. 그런데 산경이는 좀 달랐다. 물건을 정리
하지 못해서 고장 난 장난감처럼 저 혼자 버벅거리던 모습은 온
데간데없고 익숙하게 마당을 누비며 낙엽을 쓸고 치웠다. 손길
이 거침없었고 능숙했다. 나는 현관으로 올라가는 계단참에 기
대어 산경이를 물끄러미 보았다.

"정원사가 따로 없는데?"

내가 말했다.

“할머니가 마당을 청소할 때 옆에서 같이 도왔어. 할머니 하던 대로 따라 하는 것뿐이야.”

“그냥 따라 하는 사람치곤 아주 능숙해 보여.”

“그래?”

산경이가 히죽 웃었다.

“여기서는 그렇게 청소를 잘하면서 왜 집 안에서는 못해?”

“그러는 너는?”

“뭐?”

“집 안에서는 청소를 그렇게 잘하는 애가 여기서는 왜 그렇게 낯설어하냐고.”

“그, 그거야 해 본적이 없으니까.”

“나도 그래. 해 본 적이 없어서 뭐부터 해야 할지 모르겠어.”

내가 산경이의 얼굴을 멀뚱히 보았다.

“너나 나나 똑같다, 그치?”

“그런가.”

큭큭거리던 우리는 곧 안으로 들어왔다.

어느덧 4월이었고 창문을 투과하는 빛을 바라보고 있으니 나른했다. 그러고 보니 내게도 보살펴야 할 식물이 있었다. 진초록 소파에 몸을 비스듬히 기대며 그린썬로즈를 떠올렸다. 집에 가면 물을 주어야지. 그리고 나처럼 햇빛을 듬뿍 받게 해 줘야지. 이번에는 그렇게 예쁘다는 빨간 꽃이 피는 걸 기다려야지.

오전의 낯선 편안이 먼지처럼 이리저리 나부끼다 눈꺼풀 위로 가만히 내려앉았다.

● ● ● **돋아난 마음**

잠시 졸다가 눈을 떴다. 산경이가 거실을 지나 부엌으로 향하는 게 보였다. 빈 화분을 든 채였다. 나는 벌떡 일어나 산경이 뒤를 따라갔다. 산경이는 부엌 한쪽에 난 문을 어깨로 밀다가 나를 발견하고는 씩 웃었다. 화분을 들어 주려는데 산경이가 고갯짓을 했다. 안으로 들어가라고. 들어선 부엌 뒤쪽의 베란다는 그야말로 작은 온실이었다. 크고 작은 화초들이 가득했다. 산경이 할머니가 1년 전쯤에 돌아가신 걸 생각해 보면 화초들이 살아 있는 게 기적 같았다.

"너 얘네들 때문에 집에 안 가는 거야?"

산경이가 화분을 한쪽에 내려놓고 허리를 폈다.

"티 나?"

산경이는 나를 돌아보며 설핏 웃었다.

"할머니가 애지중지하던 것들이야. 거기에는 얘네들을 둘 데가 없어. 엄마도 싫다 하고. 후유."

산경이가 이마를 훔치며 말을 이었다.

"여기에 살 이유야 넘쳐. 엄마 집에서 살 이유는 찾을 수가 없는데."

이유. 이유 같은 건 생각해 본 적이 없다.

"아, 배고파."

배고픔을 느끼는 것과 같은 명백한 이유. 당연해서 이유 같지도 않은 이유가 내게 있을까?

"야!"

산경이가 내 눈앞에서 손가락 두 개를 튕겼다.

"무슨 생각해? 너도 배고프지? 돈가스 먹을래? 여기 근처에 맛있는 데 있어."

그러고 보니 오전이 훌쩍 지났다.

돈가스 가게는 산경이네 집을 끼고 골목을 도니까 바로 나왔다.

"할머니랑 진짜 자주 왔는데. 아, 얼마 만이야?"

산경이가 쿵쾅쿵쾅 걸어가며 과장되게 감격스러워했다. 배가 고파서인지, 산경이의 감격이 옮아서인지 돈가스를 보기도 전에 침이 고였다. 우리는 서둘러 가게로 들어갔다. 첫 손님이었다.

"아, 학생. 진짜 오랜만이다!"

산경이의 말을 증명하듯 주인이 산경이를 알은척했다. 산경이는 서글서글하게 웃으며 인사했다. 나는 두 사람이 안부를 주고받는 사이에 창가에 자리 잡았다.

돈가스는 금방 나왔고 둘 다 배가 고팠던 참이라 어른 손바닥만 한 커다란 돈가스가 순식간에 사라졌다.

"맛있지?"

산경이가 냅킨으로 입을 닦으며 물었다.

나는 고개를 끄덕이며 물을 마셨다. 배가 불렀다.

"먼저 나가 있어. 계산하고 갈게."

산경이는 그렇게 말하면서 허리를 숙이고 가까이 다가왔다. 반사적으로 나도 따라 했다. 산경이가 목소리를 한껏 낮췄다.

"저 아줌마, 다 좋은데 말이 좀 많거든. 오랜만이니까 좀 들어드려야지. 큭큭."

가게를 나왔다. 연둣빛 잎이 돋은 가로수들이 눈에 들어왔다. 사늘한 바람에 여린 잎들이 때때로 흔들렸다. 이모를 생각하면 어김없이 마음이 무거워졌지만 바람에 여린 잎들이 흔들리는 모습을 보는 것만큼은 기분이 좋았다.

가게 안의 산경이는 아직 계산대 앞에 서 있었다. 체크카드를 한 손에 든 채로 고개를 주억거리며 웃는 표정이다. 무슨 말을 나누는 걸까. 다녀간 지 한 해가 넘었는데도 돈가스 가게 주인과 저렇게 친근하게 이야기를 나누는 산경이가 새삼 놀라웠다. 학교에서도 바깥에서도 인싸는 저런 걸까. 새삼 산경이가 나와 얼마나 다른지 느끼며 그럼에도 우리가 이렇게 친해진 것이 신기하기만 했다. 산경이의 말대로라면 할머니가 우릴 만나게 해 준 것이니 하늘에 계신 분께 감사 인사라도 드려야 할까. 얼토당토않은 생각에 웃음이 피식 새어 나왔다. 다 산경이 덕분이다.

그때였다. 웬 꼬마가 갑작스럽게 나타나 부딪힐 뻔했다. 대여섯 살쯤 되어 보이는 꼬마는 무사히 나를 피해 가게 안으로 들어갔다. 나는 안도의 한숨을 내쉬고 꼬마를 계속 보았다. 꼬마는 의자에 앉지 않고 그 뒤쪽의 유리에 온몸을 딱 붙였다. 그 바람에 꼬마는 나와 유리를 사이에 두고 마주 선 모양새가 되었다. 꼬마는 온몸을, 심지어 얼굴까지도 유리에 딱 붙인 채 나를 빤히 보았다. 골똘한 눈빛을 어째서인지 바로 보기가 어려웠다. 고개를 돌렸다. 한 발 늦게 몸을 돌렸다. 등 뒤에서 딸랑, 하는 소리가 났다.

"봄아, 가자!"

산경이의 목소리. 나는 돌아보지 않고 걸음을 뗐다.

"아이스크림 콜?"

나는 고개를 끄덕이다가 뒤를 돌아보았다. 꼬마가 아직도 유리에 달라붙어서 나를 바라보고 있었다. 못 볼 걸 보기라도 한 듯이 고개를 재빨리 돌렸다. 걸음이 나도 모르게 빨라졌다.

"왜 그래?"

산경이가 뒤에서 물었다.

"빨리 가자."

"왜 그러는데?"

"편의점 갈 거지?"

나는 편의점을 향해 빠르게 걸었다.

"너 아까 왜 그랬어?"

편의점 한쪽에 있는 휴지통에 아이스크림 막대를 버리는데 산경이가 물었다. 산경이는 의자에 앉은 채였다. 녹아서 흘러내리는 아이스크림을 혀로 착실히 빨면서 다시 내게 물었다.

"뭐 보고 그렇게 놀랐냐고."

"내가?"

무엇을 묻는지 알았지만, 모른 척했다.

산경이가 남은 아이스크림을 전부 입속에 넣으면서 고개를 끄덕였다. 입가에 아이스크림이 묻어 있었다. 나는 대답 없이 휴지만 건넸다. 산경이가 휴지로 입가를 닦으며 나를 보았다.

"응?"

내가 손을 내밀자 입가를 닦은 휴지가 내 손 위에 놓였다. 그걸 든 채로 몸을 돌렸다.

"아무것도."

휴지통을 향해 걸어가는데 등 뒤에서 소리가 들렸다.

"그런데 그렇게 놀란다고?"

나는 산경이를 쳐다보며 어깨를 으쓱했다. 불쑥불쑥 튀어나오는 감정에 대해 어떻게 말해야 할까. 어젯밤에 그렇게 이야기를 많이 했는데 아직도 이랬다.

"나 알아."

산경이의 말에 잠깐 멈칫했다.

"너 동생 생각나서 그런 거지? 그, 아빠가 다른 동생?"

나는 대답하지 않았다.

"대여섯 살 꼬마들만 보면 걔 생각난다며?"

코끝이 시큰거려 문질렀다. 우는 건 어제로 충분했다.

산경이가 의자에서 일어나는 소리가 들렸다.

"이럴 땐 그냥 말해. 동생 생각나서 그렇다고."

"야. 여기 편의점이야."

"그게 뭐?"

나는 입술을 깨물며 주변을 둘러보았다. 다행히 손님도 알바생도 보이지 않았다.

"아닌 척하다 이 지경이 된 거 같은데."

고개를 숙였다.

"왜? 집에 찾아온 동생을, 보고 싶었다던 애를 그냥 두고 와서 그래?"

어느 틈에 다가온 산경이가 내 양어깨를 감쌌다.

"자꾸 말해. 말해야 지나간대."

눈앞의 산경이가 점점 흐려졌다.

"우리 할머니가 그랬어. 나도 할머니 보고 싶다고 자꾸 말하잖아."

눈물과 콧물이 한꺼번에 주르륵 흘렀다. 산경이가 나를 꼭 안고 토닥였다. 그래도 괜찮아. 다시 터진 울음 속에 여름이가 어른거렸다. 내 손을 잡고 버스 정류장으로 향하던 다섯 살 여름이가, 버스 정류장에서 무연히 앉아 있는 여름이가, 이모 옆에 긴장한 채로 서 있는 여름이가 어지러이 뒤섞여 떠올랐다. 파묻혀 있던 마음이 하루가 다르게 돋아났다. 하지만 아직 새순처럼 여려 하찮은 자극에도 마구 흔들렸다.

●●●● 우리 사이에

다음 날 산경이는 학교에 갔다. 나는 가지 않았다. 때때로 휴대폰을 켜 보았지만 더는 이모에게 별다른 연락이 없었다. 다행한 마음 한편 서운한 마음이 비죽이 올라왔다. 이모 집으로 돌아가면 말해야 할 것이다. 그게 무엇이 되었든 산경이가 알려 준 대로 다 말해야지. 그리고 세연이에게도. 정리는 상태를 잘 알게 하는 거니까.

마음의 갈피를 잡았어도 답답함이 불쑥불쑥 올라왔다. 그러면 청소를 했다.

먼지는 아무리 털어도 계속 나왔다. 버린 게 없어도 방으로 짐을 옮겼더니 거실이 꽤 넓어졌다. 워낙 오래된 집이라 눈에 띄게 깨끗해지진 않았어도 손을 댄 티는 났다. 오래 비운 창고 같았던 집이 이제 사람이 머무는 곳처럼 보였다.

말끔하게 닦인 거실 창으로 더 많은 빛이 쏟아져 들어왔다. 정리된 거실을 둘러보는데 이상하게 애틋했다. 겨우 며칠 만에도 이렇게 애틋해질 수 있는 거였다. 산경이는 어떨까. 이런 곳을 두고 떠날 수 있을까. 짐작조차 되지 않는 그 마음을 산경이는 어떻게 갈무리하고 있을까.

진초록 소파 위로 하얗게 부서지는 빛을 휴대폰으로 찍었다. 카메라앱 필터를 장착하고 찍은 것처럼 그럴싸했다. 사진 아래에 메시지를 써서 산경이에게 전송했다.

이산경 너무 예뻐.

점심시간이라 그런지 답장이 바로 왔다.

이산경 따뜻해 보여.

소파에 앉았다. 정말 따끈따끈했다.

다음 날, 우리는 나란히 학교에 가는 버스를 탔다. 교복이 없어 체육복을 빌려 입었다. 키가 큰 산경이의 체육복이 나한테는 컸다. 한 번 접은 소매의 주름을 최대한 펴면서 말했다.

"오늘은 집으로 가?"

산경이가 내 말을 따라 하듯 오늘은 가야지, 했다.

"어쨌든 기다려 주긴 했잖아."

산경이 엄마는 집은 팔아 버렸을지언정 지난번처럼 집으로 쳐들어오지 않았고 쉴 새 없이 전화하지도 않았다. 심지어 어제 산경이가 학교에 가지 않았는데도 아무 연락을 하지 않았다.

"얼마나 전전긍긍하고 있을지 그려진다, 그려져."

산경이는 한쪽 입꼬리를 올리며 피식거렸다.

내가 다시 물었다.

"산경이 넌, 괜찮아?"

"몰라. 기다려 보면 알겠지, 괜찮은지 아닌지."

산경이가 어른처럼 말했다. 나는 걱정을 해야 하는지 아닌지 헷갈렸지만, 어쩐지 산경이는 나보다 잘 지낼 거라는 생각이 들었다.

버스에서 내려 학교로 가는데, 저기 앞에 세연이가 걸어가는 게 보였다.

"산경아!"

누군가 산경이를 불렀다. 그 소리에 세연이가 뒤를 돌아보았고 나를 발견했다. 산경이가 저를 부른 친구를 향해 몸을 돌렸을 때 세연이도 다시 앞을 보고 걸었다. 산경이의 집에서 지낸

이틀은 꿈같았다. 꿈이란 게 그렇듯 깨고 나면 그뿐 현실은 그대로였다. 산경이가 친구와 어깨동무하면서 장난을 치느라 걸음이 느려졌다. 땅을 보며 걷는데도 방금 본 세연이의 뒷모습이 밟혔다.

교실에 들어가자마자 세연이에게 다가갔다. 더는 주저하고 싶지 않았다. 세연이가 나를 멀뚱히 쳐다보았다.

"그거, 거울 값. 얼마 주면 돼?"

생각보다 목소리가 더 까칠하게 나왔다. 세연이는 대답도 없이 자리에서 일어났다. 가방도 풀지 않았는데 교실을 나갔다. 나는 하는 수 없이 자리로 돌아갔다. 세연이는 이제 나와 친구로 지낼 생각이 없어 보였다. 우리 사이에 남은 건 거울 값밖엔 없었다. 그런데도 세연이는 또 나를 무시했다. 빨리 청산해 버리면 그만인데. 이렇게 또 무시를 당하고 나니 나도 화가 났다. 더는 세연이의 자리를 찾지 않았다. 정리하려고 했는데 될 대로 되라지.

수업이 끝나고 교실 밖으로 나왔는데 앞서 걷는 세연이가 보였다. 보고 싶지 않아 발끝만 보며 걷다 보니 어느새 교문에 다다랐다. 시야 안에 하얀 운동화가 들어왔다. 고개를 들었다.

"언니."

여름이가 있었다.

“서, 서프라이즈!”

나는 너무 놀랐다.

“나, 성공이야?”

여름이가 긴장 가득한 목소리로 물었다. 서프라이즈, 그걸 기억하고 있었어?

그때였다. 세연이가 대뜸 다가와 물었다.

“얘가 네 동생 맞아?”

내가 멀뚱히 보기만 하자 세연이가 다시 말했다.

“아. 넌 나한테 거울 값 말고는 아무 말도 하기 싫지?”

“언니, 이 언니가 어제도,”

여름이가 뒤늦게 생각난 듯이 말하려는데 자연스럽게 세연이가 끼어들었다.

“얘 어제도 여기 왔었어.”

나는 여름이를 보았다. 여름이가 입을 꾹 다문 채로 고개를 끄덕였다.

“그제도 왔고.”

“뭐라고?”

“너 학교 안 온 이틀 동안 애 여기 왔었다고.”

“이 언니가 나 버스 정류장에도 데려다주고, 간식도 사 주고 그랬어.”

여름이가 한껏 주눅 든 목소리로 말을 보탰다.

"내가 언니 동생이라고 하니까 이 언니가 언니 친구라고."

그때 세연이가 여름이의 팔을 잡았다.

"이제 언니 만났으니까 나는 가도 되지? 잘 가, 한여름!"

세연이가 여름이를 향해 손을 흔들며 훌쩍 멀어졌다. 이게 지금 다 무슨 일이지? 세연이가 대뜸 말을 걸 때부터 제 할 말만 하고 멀어질 때까지 나는 턱을 떨어뜨린 채로 가만히 있기만 했다.

여름이를 데리고 집으로 갔다. 이모는 집에 없었다. 일단 내 방에 가방을 내려놓고 거실로 나왔다. 여름이가 지난번처럼 소파 앞에 앉지도 못하고 서 있었다. 여름이에게 앉아, 하고서는 이모한테 메시지를 남겼다.

> **한봄** 이모, 나 집에 왔어. 여름이도 같이 있어.

여름이와 같이 있다는 말을 여러 번 썼다 지웠지만 보낼 때는 지우지 않았다.

> **이모** 이모는 볼일 때문에 조금 늦을 거 같아.
> 여름이랑 저녁 먹고 있어.

그날 이후 며칠 만에 집에 와 연락한 건데. 이모의 메시지에는 화내는 기색도 놀라는 기미도 없었다. 일단은 다행이었다.

"여름아?"

곁에 앉아 있던 여름이가 보이지 않았다.

"나, 여기."

소리가 나는 곳은 문이 열린 내 방이었다.

여름이는 내 방에 딸린 작은 베란다에 있었다. 거기 서서 창틀에 있는 그린썬로즈를 들여다보고 있었다. 나도 여름이 곁으로 갔다. 그린썬로즈는 언제나처럼 하트 모양의 초록색 잎만 무성히 피운 상태였다. 화분 안의 흙이 촉촉했고, 베란다의 블라인드는 위로 쭉 올라가 있었다. 문득 산경이의 집 뒤편 베란다를 가득 채우고 있던 화초들이 떠올랐다. 할머니가 남기고 간 그 화초들을 돌본 것은 산경이었다. 이 화초를 죽지 않게 돌본 사람은 이모.

"나, 이거 본 적 있어."

"이거 살 때 너 겨우 다섯 살이었는데 기억해?"

내가 놀라서 물었다.

"아니. 사진에서 봤어."

"사진?"

"응, 엄마가 찍어 준 사진."

나는 잊고 있었던 기억이었다. 엄마가 이 화분을 사 주고 사진을 찍었다. 이제 막 잠에서 깬 여름이가 인상을 풀지 못해서 엄마가 여름이에게 한 번만 웃어 봐, 한 번만, 그랬지. 나도 옆에서 그만 좀 해, 그랬던가. 평범한 기억은 시간에 쓸려 멀어졌다가 불시에 밀려와 다시 흔적을 남긴다.

"그래, 그게 이거야."

"말도 안 돼."

이번엔 여름이가 화들짝 놀랐다.

"이모가 키웠어. 그래서 아직도 살아 있는 거지."

꽃은 피지도 않았는데 여름이는 향기를 맡으려 했다.

"뭐 해? 꽃도 없잖아."

여름이가 그린썬로즈에 코를 묻은 채로 말했다.

"애한테서 우리 집 냄새가 날지도 모르잖아. 그때부터 살아 있는 거라며?"

우리 집 냄새. 우리가 나누어 가진 것들 중에는 그런 것도 있었구나.

나를 향해 돌아보는 여름이가 배시시 웃었다.

"농담. 날 리가 없지."

나는 여름이에게 다가갔다. 그리고 여름이를 꼭 안았다. 여름이가 품 안에서 중얼거렸다.

"아, 언니 냄새 좋다."

여름이와 나는 드문드문 이야기를 하다가 저녁밥을 시켰다. 여름이가 떡볶이가 좋다고 해서 골랐는데 막상 많이 먹지는 못했다. 이모는 오자마자 늦었다며, 여름이를 집에 데려다주고 오겠다고 했다. 내가 여름이를 향해 말했다.

"잘 가."

다른 사람들은 흔하게 나누는 이 인사가 나는 아직 낯설었지만 마음의 어떤 부분이 한 꺼풀 벗겨진 것만은 분명했다. 그러니까 선뜻 나온 거겠지.

"또 만나, 여름아."

다음도 기약하고.

"응, 언니."

여름이도 그러한지 아까 학교 앞에서 봤을 때보다 환하게 웃었다.

그사이 산경이에게 메시지가 와 있었다.

이산경 참. 내가 깜빡했는데 너희 이모한테 연락 왔었어.
미리 말하지 못해서 미안.

산경이 집에서 처음 외박할 때 이모에게 전화번호를 알려 준 게 뒤늦게 떠올랐다.

한봄 그랬구나. 괜찮아. 넌 어때?
이산경 아무 일도 없어.
화초들 생각이 자꾸 난다. 할머니도 보고 싶고.

커다란 고양이가 기운이 쭉 빠져 쪼그라든 채로 널브러지는 이모티콘이 화면에 떠다녔다. 딱 지금의 심경이 같았다. 집으로 돌아간 모습이 이렇다면 그건 누굴 위한 걸까?

이모가 여름이를 바래다주고 집에 돌아온 소리가 났다. 나는 잠시 바깥에서 나는 인기척에 멈칫했다. 며칠 만에 나를 보고도 아무렇지 않게 대하던 방금 전 이모의 모습이 떠올랐다. 여름이 앞에서 어색하지 않을 수 있어서 다행스러웠던 마음도.

똑똑똑.

이모가 방문을 두드렸다.

"잠깐 들어가도 돼?"

나는 천천히 방문을 열었다. 이모가 들어와 내 침대에 앉았다. 언젠가의 날들이 떠올랐다.

"너 없는 며칠 동안 이모가 생각해 봤는데……."

이모가 말을 얼버무렸다.

"너 그때, 장례식 때 내가 했던 말을 들은 거니?"

나는 계속 이모를 보았다.

"이모부가 예전에 말했던 게 이제 생각났어. 네가 그때 밖에서 들은 것 같다고 했던 게."

이모는 자기 허벅지를 손가락으로 긁었다.

"내내 찜찜했지만 너는 어렸고, 그래서 이제는 잊어버렸을 거라고 생각했어."

이번에는 이모가 숨을 내쉬며 주먹을 쥐었다 폈다.

"혹시 들었더라도 잊어버렸기를 바랐는데, 아니었구나."

나는 이모의 주먹을 보며 말했다.

"내 탓이라고 했잖아. 나 때문이라고 해서 나, 울지도 못했어, 이모."

엄마 장례식장에서 나는 끝내 눈물을 흘리지 않았다. 울 수 없었다. 내 잘못이 아닌데, 왜 내 탓이라고 할까. 이해되지 않는 무력감이 옴짝달싹 못하게 했다. 하지만 이젠 아니었다. 눈물이 시도 때도 없이 흘렀다.

이모가 주먹을 펴고 침대를 짚으며 일어섰다. 흐린 시야 속에 핼쑥한 얼굴이 있었다.

"미안해."

이모의 목소리가 떨렸다.

"너 때문이 아니야. 이모가 그때는 그냥 다 너무 속상했었어. 네 친아빠가 먼저 세상을 떠난 것도, 그래서 네 엄마가 혼자된 것도, 다시 좋은 사람을 만났다고 생각했는데 또 네 엄마가 그렇게 된 것도. 누구라도 원망하고 싶었나 봐."

이모가 다가왔다.

"내색하지 않으면 된다고 생각했어. 나도 언니 잃고 고통스러워서, 그 시절을 생각나게 하는 건 다 치워 버리고 싶었어. 그게 네게도 좋을 거라고 생각했어. 그래야 너도 안전할 거라고.”

나는 고개를 내저었다. 이모도 나처럼 고개를 내저었다.

“내가 그래서, 다 치우고 지워 버려서, 네가 나랑 있는데도 혼자인 것처럼 지냈던 거구나 싶더라. 그런 생각이 이제야 들었어. 미안하다, 봄아.”

이모가 더 가까이 다가왔다. 나도 이모를 향해 다가갔다. 그리고 물었다.

“내 탓 아니지?”

이모가 고개를 숙였다. 그런 채로 머리를 흔들었다.

“그럼 됐어, 이모.”

이모가 얼굴을 들었다.

“안아도 되니?”

내가 끄덕이자 이모가 나를 와락 안았다.

“미안해. 미안해, 봄아.”

이모는 나를, 봄이라고 불렀다. 더는 우리라고 하지 않고.

다음 날, 커튼을 열어젖히자 빛이 쏟아졌다. 창틀에 있는 그린 썬로즈의 초록 잎사귀가 보석처럼 반짝거렸다. 부신 빛을 보는데 노크 소리가 났다. 이모가 문을 열고 부은 눈으로 웃었다.

“지금 밥 차릴 테니까 조금 있다가 나와.”

나는 빙긋 웃었다. 여전한 이모가 이내 방문을 닫았다. 가만히 귀를 기울이자 이모가 부엌으로 가는 소리, 손을 씻는 소리, 냄비를 달그락하는 소리가 들렸다. 이모는 또 식탁에 얼마나 많은 음식을 차릴까. 안 그래도 되는데. 하지만 이제 이런 마음은 가지지 말아야지. 이모가 해 주는 것들을 무람없이 받아먹어야지. 먹지 않아도 벌써 배가 부른 것 같았다.

나는 기운차게 침대에서 훌쩍 일어났다. 베란다로 나가 그린 썬로즈에 물을 주며 괜히 인사도 해 보고 바깥 창문도 활짝 열었다. 오늘은 할 일이 많았다.

이모가 부르는 소리가 들렸다.

“봄아, 들어와서 앉아. 너 좋아하는 거 했어.”

식탁에는 가지무침, 깻잎조림, 계란찜, 김치찌개, 잡채가 접시마다 한가득이었다. 나도 모르게 입이 턱 벌어져 이모를 보았다. 이모는 싱크대에 기대 선 채로 나를 향해 씩 웃었다. 가지무침이나 깻잎조림 같은 반찬을 내놓을 때면 할머니처럼 이런 걸 좋아한다며 잔소리를 달기도 했다. 하지만 이모는 출근이 늦거나 쉬는 날이면 나를 위해 꼭 해 주었지. 서준이는 젓가락 한번 대지 않는 가지무침과 깻잎조림을. 그런 순간들이 새록새록 되살아났다. 새로이 밀려오는 기억에는 엄마만 있는 게 아니었다.

식탁 의자에 앉자마자 가지무침부터 집어먹었다. 계란찜도, 김치찌개도, 불고기도 언제나처럼 맛있었다. 밥을 다 먹자, 이모가 딸기도 내왔다.

"이모, 나 배불러."

"딸기가 너무 좋아. 한 개라도 먹어 봐."

이모가 포크를 내게 건넸다. 빨갛게 잘 읽은 딸기가 탐스러웠다. 물이 많은 딸기를 한입 가득 베어 물었다. 이모가 말했다.

"그런데 며칠이나 산경이네서 지내도 괜찮았어? 산경이네 부모님은 아무 말 안 하시든?"

나는 딸기를 우물거리면서 고개를 끄덕거렸다. 이모도 나처럼 고개를 끄덕였다.

커다란 딸기 하나를 다 먹은 뒤에 말했다.

"이모. 나 딸기 그만 먹을래."

"왜, 더 먹어. 여기 많잖아."

내가 고개를 흔들었다. 이모는 아차, 하는 표정으로 고개를 끄덕였다.

"그래. 너 먹기 싫으면, 그래그래."

이모는 그래그래를 연신 반복하면서 어색하게 웃었다.

"그리고 나 싱가포르 안 갈래."

이모가 순간 멈칫했다.

"대신 여기 그대로 살아도 돼?"

"봄아, 이모는 아직 우리가 헤어질 때라고 생각하지 않아. 싱가포르는 네게도 기회가 될 수 있잖아. 이모가 다 해 줄게. 네게 필요한 거 다 해 줄 거야. 이제 나 시간 많아. 너 잘 보살펴 줄 수 있어."

포크를 식탁에 내려놓고 다급히 말하는 이모를 보자 슬며시 웃음이 났다. 이모의 마음이 목소리에 담겨 있었다.

"알아."

이모는 한숨을 쉬었다.

"봄아. 응?"

"이모, 여기가 우리 집이야."

이모의 눈동자가 커졌다.

"나 우리 집에서 지낼래요."

고개를 끄덕이는 이모의 눈에 눈물이 차오르고 있었다. 어느 틈에 이모도 울보가 되어 있었다.

"이제 혼자서도 잘 지낼 수 있을 것 같아."

"혼자 두고 싶지 않단 말이야."

나는 이모를 향해 웃었다.

"나 이제 잘 지낼 수 있다니까?"

“나도 이제 너랑 더 행복하게 지낼 수 있을 거 같단 말이야.”

이모가 아이처럼 손등으로 눈물을 훔쳤다.

“네 엄마가 다시 결혼하고, 정말 행복해했어. 여름이 아빠가 네게도 잘해 주고, 모든 게 다 괜찮았는데……. 그래서 더 배신감이 컸던 것 같아. 그렇게 행복하게 지내 놓고 네 엄마 간 지 얼마나 됐다고……. 내 배신감을 네게까지 덧씌운 것 같아. 너는 나랑은 다를 텐데, 당연히 그럴 텐데, 거기까지는 생각하지 못했다. 네 입만 막았어.”

나는 머리를 흔들었다.

“상처 많이 받았지?”

이모의 눈에 다시 눈물이 고였다.

“이모. 난 그냥 시간이 좀 필요했던 것 같아.”

이모는 얼굴을 두 손에 묻은 채 다시 오래 울었다.

너무 오랫동안 박혀 있던 꼬챙이 같은 말들은 금방 사라지지 않을 것이다. 하지만 이 꼬챙이가 내 안을 휘저을 때마다 오늘을 생각할 거야. 이모의 눈물을 기억해 낼 거야. 이모가 나를 위해 한 일들을 하나씩 떠올릴 거야. 나는 이모의 젖은 손을 잡았다. 따뜻했다.

잠기려는 목소리를 큼큼 가다듬고 다시 말했다.

“아빠 연락처 줘. 만나고 싶어.”

이모는 후다닥 눈물을 닦았다. 얼굴이 발갰다.

"그래. 가족관계를 바로 정리하려면 만나야겠더라. 이중 호적이 되어 있었어. 정정해야 한대."

그건 또 모르는 말이었다.

"이중 호적?"

"응. 네가 태어났을 때 출생신고를 했잖아. 네 친아빠의 호적에 올랐는데, 네 엄마가 재혼하면서 너를 여름이 아빠의 자식으로 또 출생신고를 했나 봐. 여름이 아빠를 네 친아빠로 만들고 싶어서."

"그러면 어떻게 해?"

"여름이 아빠더러 정리해 달라고 하면 돼. 원래대로."

"그럼 개명은 어차피 해야 하는 거네?"

"해도 되고 안 해도 되고. 그건 네가 결정하면 돼. 이중 호적 중 하나를 선택하면 되니까."

내가 고개를 끄덕이자 이모가 잠시 망설이다 말했다.

"근데 너 정말 여기서 혼자 살 거야?"

이모가 무엇을 걱정하는지 안다. 그러니까 자꾸 확인하는 것이겠지.

"이모, 나 열여덟 살이야. 이제 혼자 살 수 있어. 이모가 나 그간 보살펴 줬잖아. 혼자서도 잘 살 수 있도록."

"그래도……."

"고등학교 때부터 기숙사에 들어가서 사는 애들도 있는데 뭐 어때."

입술을 잘근거리다 한숨을 크게 내쉬었지만 이모가 달라졌다는 걸 알았다. 내 말을 듣고 목까지 솟구친 말들을 내리누르는 것 같았다. 성급한 이모로서는 쉽지 않을 것이다. 나는 한 번 더 이모를 안심시켰다.

"여기서 대학도 가고 알바도 하고 그래서 이모한테 놀러 갈게요. 아니다. 그 전에 자주 연락할게. 그럼 되지?"

이모가 갑자기 울먹이는 목소리로, 그럼 너는 연락도 안 하려고 했어, 하면서 두 손으로 얼굴을 가린 채 고개를 숙였다. 나는 남은 말을 마저 했다.

"그러니까 아무 걱정하지 마."

이제 내 방을 정리하는 일이 남았다.

나는 방으로 들어와 옷장 깊숙이 넣어둔 인형 상자를 꺼냈다. 뚜껑을 덮은 빳빳한 종이 상자에는 크고 작은 인형들이 가득 들어 있었다. 인형들을 바닥에 쏟았다. 휴대폰을 열어 사진을 찍었다. 지난 6년 동안 심심할 때마다 만든 것이었다. 내 심심함은 이토록 골똘했고, 다양했고, 길게 이어졌다. 그 시간을 지나도록 해 준 인형을 기억하고 싶었다. 찰칵. 그런 다음에 쓰레기봉투에 인형들을 담았다. 책상, 책장, 화장대와 침대 헤드, 옷장의 먼지를 털고 이불과 베개도 털었다. 청소기를 민 뒤에 밀대를 가져와 방바닥을 닦았다. 베란다 바닥도 닦았다. 내 방이 마음만큼 말끔해졌다.

● ● ● ● **끝나지 않았어**

교실 문을 열기 전에 교복 재킷을 더듬거렸다. 세연이에게 줄
돈 봉투가 재킷 주머니에 그대로 있었다.

세연이는 여름이와 함께 말을 튼 이후로 다시 나를 무시했다.
나는 초조해졌다. 일단 깨진 거울 값을 변상하는 일부터 해야
할 것 같았다. 그래서일까. 검색하면 할수록, 이제는 살 수 없는
걸 확인하면 할수록 더 초조해졌다. 인터넷과 SNS를 샅샅이 뒤
져 하나씩 살피면서 세연이를 생각했다. 세연이는 왜 아이돌에
게 이토록 빠진 걸까? 많은 아이돌 중에서도 왜 악스트일까? 어
쩌면 세연인 내게 다른 걸 기대했던 게 아니었을까? 악스트를
매개로 마음을 나누고 싶었던 아니었을까?

며칠을 검색한 뒤에야 악스트의 시즌 한정 캐릭터가 그려진
손거울이 얼마에 거래되는지 찾을 수 있었다. 손거울 한 개 가

격이라고 하기엔 터무니없이 비쌌지만, 팬들에게는 얼마를 주더라도 구하고 싶은 굿즈라는 것을 거래의 흔적을 보며 깨달았다. 좋아하면 간절해지니까. 좋아하는 마음이 굿즈로, 스트리밍으로, 티켓으로 이어진다는 걸 알았다. 다행히 그만한 돈이 내 통장에 있었다. 똑같은 걸 살 수는 없지만 그에 상응하는 돈은 준비할 수 있었다.

나는 교실 문을 열자마자 세연이부터 찾았다. 세연이는 늘 일찌감치 와 있었다.

"세연아."

세연이는 귀에 이어폰을 꽂고 있어 내 소리를 듣지 못한 듯했다. 더 가까이 다가가 세연이 어깨를 톡톡 건드렸다. 세연이가 고개를 돌렸고 한쪽 이어폰을 뺐다.

"이거."

주머니에서 봉투를 꺼내 내밀었다. 세연이는 봉투를 받지 않고 내려다보기만 했다. 또 자리에서 일어나 나가려나. 이번에는 그러지 않았으면 좋겠는데. 나는 마음이 급했다.

"찾아보니까 이 정도 가격에 거래되는 것 같아. 사서 주고 싶었는데 네 말대로 잘 팔지 않는 거더라."

세연이가 가만히 있었다.

"진짜 미안해. 너한테 소중한 건데."

같은 자세로 봉투만 보았다.

"사과는 안 받아 줘도 돼. 그래도 이건 받아 줘."

세연이가 어깨를 으쓱하더니 내가 건넨 봉투를 서랍에 넣었다. 하지만 그뿐, 나와 더 이야기를 나눌 생각은 없어 보였다. 어떻게 해야 하나 망설였지만 이대로 가면 안 될 것 같았다. 말이 금방 나오지 않아 입술만 잘근잘근 씹고 있자 세연이가 삐죽이 올려다보았다. 눈이 마주쳤다.

"더 할 말 있어?"

"그, 그게,"

"말해."

"그러니까, 우리 다시……."

세연이가 잠시 나를 보았다. 나는 더 말해야 할 것 같아서 입을 열었다.

"친구가,"

세연이가 고개를 흔들면서 말을 잘랐다.

"다 끝났어."

"어?"

"우리 다 끝났다고."

"우리?"

세연이가 낮게 한숨을 쉬었다.

"나는 우리가 친구인 줄 알았어. 근데 넌 아니더라."

시간도 마음도 부족하다 여겼다. 여름이 되면 싱가포르에 갈 거라고 생각했으니까 나눌 것들이 없을 거라고.

"나한테는 아무 말도 해 주지 않고."

세연이가 한쪽 손으로 다른 손을 꾹꾹 눌렀다.

"나는 네가 주말에도 이산경을 만날 수 있는 애인지 몰랐어. 우린 학교 밖에서 연락 한번 한 적 없잖아. 그냥 급식 메이트일 뿐이었지. 나 이제 너랑 급식 메이트 하기 싫어. 그러니까 끝난 거지."

싱가포르는 그저 핑계였다는 걸 깨달았다. 친구가 되기에 필요한 시간은 아무리 적어도 부족하지 않다. 단 한순간에도 친구가 될 수 있다. 산경이 때문에 그리고 세연이 때문에 알았다.

"그래도 친구라고 했다며?"

"뭐?"

"여름이한테 그랬다면서."

세연이는 가만히 있었다.

"우리가 친구가 될 수 있을 거라 생각하지 않았어."

내 말에 세연이가 헛숨을 들이켰다.

"너 바보야? 내가 얼마나 티를 냈는데."

나는 아무것도 궁금해하지 않았다. 그저 네게 내가 필요하니까 그렇게 굴었다고 치부했다. 하지만 산경이처럼 친해질 수도 있는 거고, 세연이처럼 친해질 수도 있는 거였다. 내 처지에 갇혀 다가오는 마음을 외면했다.

"끝나지 않았어."

세연이가 미간을 찌푸렸다.

"뭐?"

"아직 아무것도 한 게 없잖아."

"너는 나보다 이산경이랑 하고 싶은 게 더 많은 거 아니었어?"

"너랑도 하고 싶은 게 많으면?"

세연이가 나를 골똘히 쳐다보았다. 그러다가 돌연 픽, 하고 웃었다. 찰나의 웃음에 마음이 놓였다. 그래서 말했다.

"나 아직 너랑 아무것도 안 했어."

세연이가 조금 놀란 표정으로 물었다.

"뭐야. 갑자기 왜 이래? 이상해."

"그래서 싫어?"

"으윽. 싫다!"

찡그린 얼굴로 하는 퉁명스러운 대꾸가 어째서인지 듣기 좋았다. 외면하지 않고 모른 척하지 않고 한 걸음 나아가자 다른 풍경이 있었다. 나는 잠시 넋을 잃은 듯이 세연이를 바라보았다.

세연이 갑자기 봉투를 꺼냈다.

"이거로 영화 보러 갈래?"

나는 무엇을 하든 좋았고 기대되었다. 세연이를 향해 턱을 흔들며 듬뿍 웃었다. 이번에는 내가 듬뿍한 웃음을 보여 주고 싶었다.

"니네 뭐 해?"

이제 막 등교한 산경이가 가방을 내려놓으며 우리에게 말을 걸었다. 세연이와 나는 눈빛을 교환한 뒤 산경이에게 처음으로 함께 인사했다.

"안녕, 산경아?"

"안녕!"

● ● ● 기억할 수 있는 것

산경이가 엄마 집에서 등교한 지 여러 날이 지났다. 그사이 산경이는 화분 안의 흙이 조금씩 말라 가듯이 활기가 점차 사라졌다. 말수가 점점 줄어드는 대신 온몸으로 뿜어내는 척력은 강해졌다. 시끄러운 산경이의 친구들조차 거기에 밀려 가까이 가지 못했다. 얼마 전까지도 교실 분위기를 주도하던 모습은 여러 날이 지나자 온데간데없었다.

"쟤 요즘 왜 저래? 인싸가 왜 아싸처럼 굴어?"

세연이의 말에 고개를 돌려 교실 뒤쪽을 보았다. 산경이가 또 책상에 엎드려 있었다.

산경이가 엄마 집으로 돌아간 것에 대해 내가 너무 쉽게 마음을 놓았던 걸까. 언젠가 산경이가 했던 말이 떠올랐다. 기다려 보면 알겠지, 괜찮은지 아닌지. 지난 여러 날은 기다리는 시간이었다. 하지만 이제 더 기다리지 않아도 될 것 같았다. 산경이는 지금 어떻게 보아도 괜찮지 않았다.

수업이 끝나자, 세연이는 악스트 멤버 중 한 명의 생일 라이브가 올라왔다며 먼저 나갔다. 나는 가방을 챙겼지만 자리에 그대로 앉아 있었다. 아이들이 모두 교실을 나갔을 때에도 산경이는 몸을 일으키질 않았다. 아침부터 지금껏 내내 엎드려 있었다.

얼마나 지났을까. 산경이가 문득 몸을 일으켰고, 우리의 눈이 마주쳤다. 산경이가 한쪽 눈을 찡그린 채 물었다.

"너 왜 안 갔어?"

"그냥."

내가 어깨를 으쓱했다. 산경이는 의미 없이 고개만 주억거리며 자리에서 일어났다. 가방을 제대로 여미지도 않고 둘러멨다. 얼른 자리에서 일어나 산경이를 뒤따랐다. 가방 지퍼부터 먼저 채우려 손을 뻗었다. 산경이는 내 손길을 알았는지 걸음을 멈추었다. 까만 가방에 내가 선물한 노란 우산 키링이 달려 있었다. 벌써 군데군데 때가 묻어 거뭇했다. 나는 그게 마음에 들었다.

"산경아, 집으로 가야 돼?"

산경이가 나를 보았다.

"오늘 우리 집에 갈래? 아직 못 와 봤잖아."

가방 지퍼를 채운 뒤에 산경이의 팔을 잡아끌었다.

"가자. 가기로 했잖아."

산경이는 기운 없이 그래, 했다.

오랜만에 둘이서 걸었다. 산경이는 여전히 말이 없었다. 나는 조잘조잘 떠들어 볼까, 가만히 있을까 하다가 조용히 곁에서 걷기로 했다. 보폭이 큰 산경이의 걸음이 느릿느릿했다. 나는 평소처럼 걸었는데 우리 둘의 보폭이 맞았다.

집에 오자마자 내 방에 딸린 베란다로 갔다. 거실 소파에 앉아 있는 산경이에게 베란다에서 가져온 그린썬로즈를 보여 주었다. 산경이 눈이 휘둥그레졌다.

"그린썬로즈 맞지?"

내가 고개를 끄덕였다. 산경이는 잎사귀를 하나하나 살폈다. 화분 안의 흙은 아직 촉촉했다.

"통통한 하트 모양 잎사귀가 뭐가 평범해. 하나도 안 평범해. 너무 귀엽잖아."

산경이는 내가 들려줬던, 우리 엄마가 내게 해 줬다던 말을 기억하고 있었다.

"엄마 때문에 그래?"

내 물음에 산경이가 여전히 그린썬로즈에서 눈을 떼지 않고 대답했다.

“뻔하지 뭐. 뻔한 결말, 뻔한 이야기.”

그렇게 말하면서 산경이가 고개를 들었다. 힘 빠진 웃음이 다시 얼굴에 드리워졌다. 그 웃음은 마치 산경이의 생기가 사라지고 겨우 남은 흔적 같았다. 산경이는 문득 거실을 휘 둘러보았다. 그리고 그린썬로즈를 손바닥으로 쓸면서 생각지도 못한 말을 꺼냈다.

“나 여기 며칠 있어도 될까?”

산경이는 지난 며칠 동안 우리 집에서 잠을 자고 등교했다. 엄마에게 알리기는 했지만, 휴대폰은 거의 대부분 꺼 놓았다. 휴대폰을 켜면 벨이 맹렬하게 울렸다. 발신인은 물론 산경이 엄마였다.

“쟤 진짜 여기 이렇게 있어도 되는 거야?”

“왜? 이모 불편해?”

“저렇게 전화가 오니까 괜찮은가 해서. 오늘은 학교도 안 갔잖아.”

“엄마한테 항의 중이야.”

“항의?”

이모가 고개를 끄덕였다.

“어떤 문제인데. 이모가 알면 도움이 될지도 모르잖아.”

산경이의 사정을 모두 말하기는 어려웠다. 길기도 했고, 산경의 허락 없이 이야기할 수도 없었다.

"그냥, 집에 있기 싫대."

"그건 지나가는 애들도 다 알겠다."

이모가 코를 찡긋거렸다. 나는 이모에게 쉿, 했다. 방 안에 산경이가 있었다. 이모는 과장된 몸짓을 하며 눈을 동그랗게 뜬 채로 입을 막았다.

"암튼, 이모는 모른 척해 줘."

이모가 입을 앙다문 채로 머리를 흔들더니 뒤돌아선 내 어깨를 잡았다.

"이모한테 좋은 생각이 있는데."

"뭐?"

"일단 산경이부터 나오라 그래."

"갑자기 뭔데?"

이모는 산경이를 빨리 데려오라며 손짓만 할 뿐이었다.

산경이와 나는 곧 식탁을 사이에 두고 이모와 마주 앉았다.

산경이는 그사이에 또 엄마랑 싸운 모양이었다. 얼굴이 붉으락푸르락했다. 아무런 의욕 없이 늘어져 있을 때보다는 이 모습이 오히려 나았다. 산경이 엄마에게는 안 보이는 걸까. 꼭 곁에 두어야만 사랑일까.

내가 잠시 딴생각을 하는 사이 이모가 불쑥 말했다.

"얘들아, 이모가 곧 싱가포르에 가잖아?"

이모 앞에 앉은 산경이는 어울리지 않게 경직되어 있었다.

"그럼 봄이 혼자 지내야 하잖아. 그래서 말인데, 혹시 너희 둘이 여기서 같이 살면 어떠니?"

산경이와 나는 놀란 눈으로 서로를 돌아보았다. 그리고 다시 이모를 보았다.

"우리 둘이?"

이모가 고개를 끄덕였다.

"나도 산경이 네가 봄이랑 함께 지내면 마음이 놓일 것 같아서."

전혀 생각하지 못한 일이었다.

"좋아요! 엄마한테 말할게요!"

산경이가 한 치의 망설임도 없이 대답했다. 나는 또 놀랐다. 큰 일에 이렇게 쉽게 대답해도 되는 건가. 산경이가 후다닥 내 방으로 가서 가방을 들고 나왔다.

"어디 가려고?"

"당장 집에 가서 말해야지."

"그래도 고민을 좀 더 하고 준비를……."

찬찬히 고개를 흔드는 산경이는 어느새 씩씩한 예전의 모습으로 돌아와 있었다. 산경이가 현관문을 나서기 전 갑자기 몸을 돌리더니 이모를 향해 말했다.

"이모! 감사해요!"

산경이는 배웅을 받을 새도 없이 현관문을 열고 뛰어나갔다.

"쟤 뭐야? 같이 살아도 되겠어?"

이모가 뒤늦게 내게 물었다. 나는 골치 아픈 척하며 머리를 긁적였지만 비집고 나오는 웃음을 막을 수는 없었다.

얼마 뒤, 학원이 끝나 집으로 왔을 때 이모가 현관 중문 앞에서 나를 맞았다. 내가 오기만을 기다리고 있었던 것 같았다.

"봄아. 지금 온대."

"누가?"

"산경이랑 산경이 엄마."

산경이가 집으로 돌아간 지 일주일이 지나 있었다.

그날 집으로 돌아간 산경이는 바로 엄마에게 말을 전했는지 이모에게 연락이 왔다. 이모는 아주 능숙하게 산경이 엄마를 설득했다. 그렇게 해 주시면 제가 오히려 감사해요, 산경이 어머니, 라고 말하면서 정말로 감사한 듯이 허공에다 대고 고개를 주억거렸다. 전화를 끊은 이모가 가슴을 쓸어내렸다.

"며칠 뒤에 만나서 다시 이야기하기로 했는데, 느낌이 좋아."

"산경이 엄마 엄청 무섭던데."

"산경이 때문에 걱정 많이 했나 보더라. 곁에서 살뜰히 챙겨 주고 싶은데 자꾸 거부하니까 속상했나 봐."

나는 아직 알 수 없는 마음이라 뜻 없이 손가락만 까딱거렸다. 이모가 다시 말했다.

"어쨌든 너희들도 진지하게 고민해 봐. 규칙 같은 것도 절충해서 정하고. 다른 것들은 어른들이 의논할 테니까."

"네."

산경이는 다시 아이들의 중심에서 웃었다. 수업 시간마다 농담을 해서 반 아이들을, 선생님을 웃게 하면서. 내가 세연이와 급식실로 향하면 제 친구들과 가면서도 우리 이름을 부르며 손을 흔들었다.

하교하면 통화하거나 메시지를 나누면서 함께 살 때 필요한 규칙들을 세웠다. 썼다가 지웠던 규칙이 몇 개인지 헤아리기 어려울 만큼 많았다. 곧 도래할 시간을 기다리는 일은 설렜다. 언젠가 느낀 마음을 다시 마주하자 신기하고 반가웠다.

지난 일주일은 그런 시간이었다.

"막상 만났는데 산경이한테 왜 바람 넣은 거냐고 막 퍼붓는 건 아니겠지?"

이모가 너무 뜬금없는 소리를 해서 어이가 없었다.

"통화도 여러 번 했으면서 왜 그래?"

"그래 그렇긴 한데. 산경이가 엄마랑 싸우는 소리를 들어서 그런가, 자꾸 나한테 막 뭐라고 할 것 같아."

하긴 나도 자전시의 그 집에서 느닷없이 마주친 이후로는 처음이라 껄끄럽기는 했다. 하지만 이모는 어른인데.

"어른이 뭐 이래?"

"야. 어른도 두려울 때가 있는 거야. 감추는 것뿐이지."

그때 초인종이 울렸다.

"어떡해, 어떡해. 왔나 봐."

이모는 호들갑스럽게 말하면서 현관으로 총총총 나갔다.

문을 열자, 산경이와 산경이 엄마가 있었다. 산경이 엄마는 그 때와는 달리 아주 정중한 모습이었다. 이모 역시 1분 전의 그 사람이 맞나 싶게 차분하고도 여유 있게 산경이 엄마와 산경이를 맞이했다. 어른들이란.

내가 인사를 하자 산경이 엄마는 나를 유심히 보는 듯하더니 곧 이모를 향해 고개를 숙였다.

"우리 아이가 신세를 많이 졌지요. 다시 한번 감사합니다."

이모는 손을 내저으며 아이고, 아닙니다, 했다. 나는 산경이를 보며 눈썹을 꿈틀거렸다. 산경이 또한 장난스레 웃고 있었다. 내가 좋아하는 표정이었고, 아주 예뻤다.

우리는 소파에 앉아서 간단한 다과를 먹었다.

"그럼 저희끼리는 따로 이야기를 좀 할까요?"

산경이 엄마가 이모를 향해 말했다. 이모가 나에게 눈짓을 했다. 나는 산경이의 팔을 잡아끌고 내 방으로 갔다. 방에 들어오자마자 궁금한 것부터 물었다. 아까까지도 산경이가 말해 주지 않아서 몹시 궁금하던 참이었다.

"너희 엄마가 허락했어? 한 거지?"

산경이가 천천히 고개를 끄덕였다.

"와! 너무 좋아!"

내가 팔짝팔짝 뛰었다.

"그런데 문제가 있어."

기쁨이 뚝 멈췄다. 가슴이 떨려서 묻지도 못했다. 뭔데, 무슨 문제인데?

"우리 집에 있는 그 짐들 말이야. 내가 아무것도 버리기 싫다고 했잖아. 그걸 가져오고 싶은데 엄마가 반대해."

산경이가 주변을 두리번거리더니 덧붙였다.

"너희 집에도 그걸 둘 만한 데는 없는 것 같고."

"화초들이라면 둘 데가 있어."

산경이 눈이 반짝거렸다. 내가 말을 이었다.

“하지만 다른 짐들은 이제 그만 정리하는 게 좋지 않을까. 그것까지 두기엔 공간이 없는데.”

“안 잊고 싶다고 했잖아. 그럼 싹 다 버리란 말이야?”

내가 빙그레 웃었다.

“방법이 있어. 그 모두를 기억할 수 있는 방법.”

●●● 우리들, 우리 집

주말에 이모와 산경이 엄마, 산경이와 내가 자전시의 할머니 집에 모였다. 산경이 엄마는 트럭을 몰고 따로 왔다.

"여기 근사하다!"

이모가 빨간 벽돌집 앞에 서서 말했다. 산경이 얼굴은 복잡해 보였지만 거기에는 뿌듯함도 서려 있었다.

"산경이가 아쉬워할 만한데?"

이 집은 리모델링을 앞두고 있다고 했다. 그래서 아직 비어 있지만 곧 공사를 시작해야 하므로 안에 있는 것들은 모두 폐기 처리한다고. 그 전에 화초들을 우리 집으로 옮겨야 했다.

산경이가 이모에게 다가갔다.

"정말 감사드려요. 화초들을 이모 집에 두게 해 주셔서."

"아직 살아 있다며. 봄이랑 같이 잘 키워."

이모에게 거실의 넓은 베란다에 산경이의 화초들을 두어도 되냐고 물었을 때 이모는 흔쾌히 허락했다. 고심해도 그 방법뿐이었다. 화초들을 찍은 사진까지 보여 주자, 이모가 감탄했다.

"할머니가 돌아가시고도 산경이가 이렇게 잘 키운 거야?"

"응. 얘들 때문에 산경이가 그 집에서 살고 싶어 한 거 같아."

"그래?"

"전부는 아니겠지만, 얘네가 강력한 이유이긴 했지."

"이걸 보니까 더 믿음이 간다."

"무슨 믿음?"

"너희 둘이 잘 살 거라는 믿음."

"이걸 보고? 그렇게 믿고 싶은 건 아니고?"

"식물을 보살펴 본 애야. 그거면 근거는 충분하다고."

늘 바쁜 이모야말로 화초라고는 그린썬로즈 하나 보살핀 게 전부였지만, 나는 이모 말을 믿기로 했다. 긴 시간 동안 그린썬로즈가 살아 있도록 보살펴 준 사람은 이모였으니까.

집은 산경이와 내가 떠난 뒤로 하나도 달라진 게 없었다. 먼지만 뽀얗게 더 쌓였을 따름이었다. 우리 모두 말없이 화분을 날랐다. 적막했던 이곳이 곧 화분을 나르는 이모와 나, 산경이와 산경이 엄마의 숨소리로 가득 찼다.

　열댓 개의 화분을 트럭에 전부 나르고 이모와 산경이 엄마는 음료수를 사러 갔다. 나는 두 사람이 대문을 나가자마자 계획한 일들을 시작했다. 이 집을 떠나기 전에 해야 할 일이었다.

　휴대폰의 카메라앱을 열었다. 대문, 계단, 마당, 거뭇한 나뭇가지(알고 보니 감나무였다), 아무렇게나 자라난 초록 잔디들, 현관 입구 손잡이, 거실 바닥, 진초록 소파, 고동색 창틀의 창문, 한복을 입은 채 장구채를 휘두르고 있는 인형, 뿌연 유리관, 비닐종이로 만든 것 같은 먼지털이와 효자손, 낮에도 빨갛게 번쩍거리는 전자 벽시계, 라면 국물이 떨어져 있는 두꺼운 책, 모서리가 뭉툭한 탁자, 작은 방의 커튼……. 그리고 상자들까지 모두 찍었다. 산경이는 처음에는 멀뚱히 지켜보다가 나중에는 사진이 더 잘 나오도록 각도를 틀어 주거나 방의 불을 켜 주기도 했다. 우리는 아무 말 없이 이 집의 모든 것을 사진에 담았다.

　사진을 모두 찍은 다음, 마지막으로 대문을 닫고 나와 우리는 빨간 벽돌 단층집을 향해 섰다. 그리고 다시 한번 사진을 찍었다. 산경이가 내 옆에 서서 휴대폰 화면 속 빨간 벽돌집에서 시선을 떼지 않은 채로 말했다.

　“너는 진짜 할머니가 보낸 게 분명해.”

　“또 무슨 소리야.”

　“나 외로워하지 말라고.”

"응?"

산경이가 휴대폰 화면을 손가락으로 짚었다.

"나 말고도 여길 기억하는 사람들이 더 생긴 거잖아. 나 혼자 기억해서 외로워하지 말라고 할머니가 보낸 거 같아."

대꾸할 말이 금방 떠오르지 않았다. 대신 가방에 있는 앨범이 떠올랐다. 나는 얼른 노트만큼 큰 빨간색 앨범을 꺼냈다. 빨간 벽돌집을 전부 담을 거라서 일부러 빨간색으로 골랐다.

"아까 찍은 사진들 모두 인화해서 여기에 정리해 둬. 보고 싶을 때마다 꺼내 볼 수 있게."

"이거 봐. 너는 자꾸 이러잖아."

산경이가 금방이라도 울 것 같은 얼굴이라 나는 아무렇지 않은 듯 서둘러 말했다.

"아 참, 너는 정리 잘 못하지? 나랑 같이 해. 내가 해 줄게."

하지만 소용이 없었다.

산경이는 빨간 앨범을 꼭 안은 채 눈물을 뚝뚝 흘렸다.

토요일 오전, 나는 안절부절못하며 거실을 왔다 갔다 했다. 이모도 아까부터 식탁의 수저를 이렇게 놨다가 저렇게 놨다가, 앞치마를 벗었다가 입었다가 했다. 그러다 서로 눈이 마주치면 아무렇지도 않은 척 괜히 휴대폰을 보고 시계를 보았다. 손을 한

번 더 씻을까 하고 욕실로 들어가려던 참이었다. 벨이 울렸다. 나도 모르게 이모를 보았다. 우리 둘의 눈이 마주쳤다. 우리는 후다닥 현관 앞으로 갔다.

"누구세요?"

"언니, 나야."

여름이 목소리였다.

내가 아빠를 만나고 싶다고 했을 때 이모는 집으로 초대하자고 했다. 이모도 떠나기 전에 여름이랑 여름이 아빠랑 같이 밥 한번 먹고 싶다고, 대접하고 싶다고 했다. 나는 이 집에 아빠가 오는 날을 상상도 해 본 적이 없었다.

"내가 부탁할 일도 있고."

그때 이모는 겸연쩍게 말했다. 나는 말없이 이모를 안았다.

현관문이 열리자마자, 여름이와 아빠가 나타났다. 우리가 다시 마주 섰다. 갑작스러운 것은 하나도 없었다. 그게 좋았다.

여름이가 성큼성큼 내 앞으로 걸어왔다. 나는 새삼스레 여름이를 보았다.

지난 6년 동안 우리들은 무럭무럭 자랐다. 망아지가 말이 되고, 송아지가 소가 되듯이, 올챙이가 개구리가 되고 병아리가 닭이 되듯이. 6년은 동물들이 성체가 되고도 남는 시간이었다. 그 변화를 몇 번이나 지켜볼 수 있는 시간이었다. 나는 이제야 마주 서서 여름이의 얼굴을 자세히 본다. 눈코입이 전부 다 조금씩 자라 있다. 눈이랑 콧볼도 좀 더 커지고, 입도 커지고, 아, 자라는 건 조금씩 다 커지는 거구나. 그린썬로즈가 아주 조금씩 자라는 것처럼. 그러다 어느 날처럼 줄기를 화분 아래로 툭 늘어뜨려 놓는 것처럼. 키만 자라는 게 아니라 볼의 면적도, 눈동자도, 콧구멍도, 눈썹 길이도, 전부 다 조금씩 매일 조금씩 조금씩 자란다. 기다림과 자람은 이어져 있는 걸까. 긴 시간 우리가 기다린 것은 자람이었을까.

여름이가 내 앞에 서서 나를 한참이나 올려다보다 갑자기 생각난 듯이 나를 꼭 안았다. 내 품에 얼굴을 묻은 채 힘껏 숨을 쉬었다.

"또 이렇게 하고 싶었어. 아, 냄새 좋다."

나도 여름이를 마주 안고 숨을 들이쉬었다.

"봄아."

아빠가 나를 불렀다. 여전히 여름이를 안은 채 아빠를 보았다. 내가 아빠를 향해 미소 지었다.

"초대해 줘서 고마워. 고마워요."

아빠는 나와 이모를 향해 말했다.

"여기서 이러지 말고 어서 들어오세요. 여름아, 들어와."

그제야 우리는 집 안으로 들어섰다.

아빠는 아까부터 나를 살피고 있었다. 만나면 할 말이 많을 것 같았지만, 막상 마주 앉자 아무 생각도 나지 않았다. 나는 괜히 식탁 위에 한가득 차려진 음식들만 바라보았다. 여름이도 아까부터 커다란 눈동자를 굴리며 갈비찜, 잡채, 새우튀김, 월남쌈 같은 음식들을 둘러보고 있었다.

아빠가 먼저 말했다.

"서준이 엄마한테 이야기는 대략 들었어."

아빠는 이모를 처제 대신 서준이 엄마라고 불렀다.

"그때 그렇게 한 게 이중 호적인 줄은 몰랐어. 알고 한 건 아니고, 다만 네 엄마랑 결혼할 땐 너도 내 가족이라고 여겼으니까 처음부터 너의 아빠이길 나도 바랐거든."

"그랬으면서 어떻게, 그래요?"

불쑥 말이 나갔다. 아빠가 당황한 듯 고개를 숙였다.

"내가 네 엄마 잃고 정말 자신이 없었어. 아무것도 못 지키고, 다 엉망으로 만들어 버리는 것 같았어. 혹시 너도 내 곁에 있다가 그렇게 될까 봐."

"여름이는?"

아빠가 머리를 들었다.

"그럼 여름이는 아빠 곁에서 괜찮았어요?"

"그, 그건."

“여름이 내내 버스 정류장에 앉아 있었어요. 나처럼.”

아빠가 아랫입술을 여러 번 깨물다 말했다.

“내가 겨우 이거밖에 안 되는 사람이라, 미안하다.”

나는 아빠를 보았다. 달라진 게 없어 보였는데 아니었다. 자잘한 주름과 듬성듬성한 머리카락들. 아빠에게도 시간은 흘렀다.

“언니, 이제 그만하면 안 돼? 우리 오랜만에 만났잖아.”

“그래. 이야기는 나중에 또 하고, 이거부터 좀 먹어 봐. 여름아, 이거 이모가 한 거야. 먹어 봐.”

여름이가 이모 말에 쭈뼛쭈뼛 젓가락을 들었다.

“여름이 아빠도 드셔 보세요.”

아빠는 한참을 고개만 끄덕거리다 마침내 젓가락을 들었다.

나는 오래도록 여름이와 아빠를 보았다.

두 사람에게 내내 하고 싶었던 말은 결국 한마디였다.

“보고 싶었어, 여름아.”

아빠는 그때까지도 고개를 들지 못했다.

“아빠도.”

아빠가 얼굴을 들자 커진 눈 안에 물기가 스미는 게 보였다.

우리 집 식탁에 둘러앉은 여름이와 아빠 그리고 이모의 모습을 눈에 가득 담자, 배가 불렀다.

방학을 기다릴 필요가 없어진 이모는 집을 제외한 주변 정리가 끝나자, 싱가포르로 떠났다. 그사이에 산경이가 우리 집으로 왔다. 산경이 엄마도 그만큼 자주 우리 집에 드나들었다. 이모가 떠날 때쯤엔 넷이 모두 스스럼없이 편해졌다. 기대하지 않았던 유대가 우리 넷 사이에 생겼다. 신기했다. 이제 더는 산경이 엄마가 무섭지 않았고, 산경이 또한 이모를 어렵지 않게 대했다. 이모는 헤어질 때 산경이 엄마를 꼭 안아 주었다. 산경이 엄마는 전보다 말수가 줄어 있었다. 그런데도 편안해 보였다. 헤어질 때 이모와 우리들은 서로에게 손을 흔들어 주었다. 자주 영상통화를 하라는 말도 잊지 않았다.

개명은 하지 않았다. 나를 혼자 두고 싱가포르로 가는 것이

불안했던 이모는 아빠에게 내가 성인이 될 때까지는 법적 아버지로 있어 주었으면 한다고 부탁했다. 아빠가 내게 물었다. 그래도 되겠냐고. 나는 고개를 끄덕였다. 달라진 게 없지만 달라졌다. '한봄'이라는 여전한 이름이 새로웠다.

산경이는 제가 그린 평면도대로 서준이가 쓰던 방을 꾸몄다. 방이 생각보다 작아서 조금 수정해야 했지만 무척 마음에 들어 했다. 그 방이 깨끗했던 적은 정리했던 첫날뿐이어서 자꾸 잔소리가 나오려고 했다. 방문을 열지 않는 것으로 우리는 평화를 유지하는 중이다.

산경이 엄마가 가끔 우리 집에 들러서 산경이 방을 청소해 주고 간다. 산경이는 고래고래 소리를 지르면서 뭐라고 하지만 쾌적해진 방을 좋아한다는 걸 나는 안다.

산경이 엄마는 이모에게 내 소식을 전하는 것 같았다. 내가 말하지도 않은 걸 이모가 알고 있는 경우가 한두 번이 아니었다. 둘 사이에 모종의 거래가 있었던 게 분명하다. 떠날 때의 이모 모습이 불안해 보이지 않았던 이유 중 하나가 아무래도 산경이 엄마인 것 같다는 생각이 뒤늦게 들었다.

여름이는 주말이면 우리 집으로 온다. 가끔은 장난꾸러기 남

동생도 데려온다. 아빠가 둘을 집 앞까지 태워 주는 것 같았다. 와서 뭘 대단한 걸 하지는 않았다. 산경이 덕분에 베란다에 즐비한 화분들을 살피고 웹툰이나 보다 간다. 배달 음식을 먹고 유튜브를 보는 게 다인데 꼭 온다. 함께하지 못한 지난 시간에 대한 보상이라도 받으려는 듯이. 여름이의 동생 여준이는 정말 장난꾸러기로 물놀이를 가장 좋아했다. 욕조에 물을 받아 주면 어푸어푸하면서 신나게 놀았다. 소파며 식탁에서 뛰어내릴 때가 많아서 가슴이 여러 번 서늘하기도 했다. 여준이가 왔다 가면 산경이도 나도 초주검이 되어 소파에 널브러진다.

세연이와 다시 짝이 되었고, 이제 나는 악스트를 좋아하게 되었다. 악스트는 세연이의 비어 있는 마음을 채워 주는 존재였다. 내가 인형을 만들 때 세연이는 악스트의 노래들을 들었다고 생각하자, 악스트에게 마음이 갔다.

세연이에게 산경이와 함께 살게 되었다는 이야기를 했다. 저간의 사정은 산경이가 직접 이야기했다. 산경이와 나는 어른들과 의논한 끝에 친구들을 집으로 데려오지 말자는 규칙을 세웠지만, 세연이는 예외로 두었다.

아빠는 내게 용돈을 보낸다.

그린썬로즈를 하나 더 샀고, 거실 베란다에 가득한 화초들 사이에 두었다. 산경이가 화초들에게 물을 줄 때 물보라 사이로 무지개를 볼 때도 있다. 예쁘다.

더 이상 버스 정류장에 나가 앉아 있지 않는다.
엄마 생각은 여기, 우리 집에서 한다.

친구가 되기에 필요한 시간은
아무리 적어도 부족하지 않다.
단 한순간에도 친구가 될 수 있다.
산경이 때문에 그리고 세연이 때문에 알았다.

여름이는 주말이면 우리 집으로 온다.
그린썬로즈를 하나 더 샀고,
거실 베란다에 가득한 화초들 사이에 두었다.

나는 더 이상 버스 정류장에
나가 앉아 있지 않는다.

파란색 화살표가 가리키는 곳, 우리 집

이인경(독서교육 전문가, 소원책담 협동조합 이사장)

버스 정류장은 잠시 머무르다 곧 떠나야 하는 장소입니다. 동시에 어디로든 갈 수 있는, 수많은 가능성이 열려 있는 곳이기도 하지요. 소설 『여기, 우리 집에서』 속 주인공들은 한곳에 온전히 발붙이지 못한 채, 어디로 가야 할지 결정하지 못하고 정류장에서 머무는 듯 보입니다.

어린아이에서 어른으로 넘어가는 길목을 '청소년기'라 부릅니다. 머무르기엔 겨를이 없고, 떠나기엔 아직 이른, 불확실하고 흔들리는 시기이지요. 어른들로부터 선택과 결정을 끊임없이 요구받지만, 막상 무엇을 선택해야 할지, 어떤 방향으로 나아가야 할지 알 수 없어 망설이곤 합니다. 흡사 버스 정류장처럼요.

제 청소년 시절 기억에도 버스 정류장이 있습니다. 정확히는 강남 고속버스 터미널, 호남을 오가는 고속버스가 하차하던 승강장이지요. 저는 중학교 3학년 무렵, 오래 살던 목포를 떠나 서울로 이사했습니다. 서울살이에 여념 없던 부모님 대신, 친척들이 올라오면 늘 맏이인 제가 마중을 나가야 했지요. 휴대폰도 삐삐도 없던 시절입니다. 목포에서 출발했다는 전화를 받으면, 이동 시간인 4~5시간을 계산해 도착 한 시간 전부터 버스 승강장 벤치에 앉아 하염없이 기다리곤 했어요.

교통 상황은 알 턱 없었고, 무작정 기다리기만 했으니 길이 엇갈리면 큰일이었지요. 대합실 텔레비전은 시종일관 재미없는 뉴스가 송출되고 있었습니다. 저절로 제 시선은 기다리는 사람들과 도착하는 사람들로 향했답니다.

저는 늘 '맞이하는 사람'이었어요. 할머니나 고모가 버스에서 내리길 기다렸다가 얼른 짐을 받아들고 피곤하지 않냐 길이 많이 막혔느냐 묻곤 했지요. 그 순간만큼은 낯선 타지의 이방인 같다는 생각에서 벗어날 수 있었어요. 당시 제게 버스 정류장은 하염없이 기다리던 곳, 연결을 확인하는 장소였습니다. 소설 속 버스 정류장에서 충동적으로 산경을 따라간 봄이나, 우두커니 언니를 기다린 여름이처럼요. 이제, 소설 속 정류장에서 누군가를 기다리는 이들의 이야기를 만나 볼 차례입니다.

변화의 문턱, 버스 정류장

봄이에게 버스 정류장은 머물지도 떠나지도 못하는 경계의 장소입니다. 그저 "금방 떠날 사람들이 잠시 머무는 곳이고 서로가 서로를 지나쳐 가는 곳"(본문 23쪽)일 뿐이지요. 가족과 학교, 학원 어디에서도 제자리를 찾지 못한 봄이는 버스 정류장에 서서 종종 엄마를 기다리던 기억을 떠올립니다.

때때로 이런 머무름은 변화를 예고합니다. 잠시 머물렀다가도 어디로 갈지 결정해야 하지요. 정류장에서 봄이는 가방을 반쯤 열고 헉헉대며 버스에 올라타는 이산경을 보았습니다. 산경이의 뒤를 따라 충동적으로 올라탄 봄이, 봄이의 마음이 조금씩 움직이기 시작하는 걸까요?

이런 봄이의 기색을 눈치챈 산경이 먼저 다가옵니다. 왜 따라왔느냐고 묻기보다, 배고프지 않냐며 라면을 끓여 주겠다고 말하지요. 봄이가 머물 수 있도록 핑곗거리를 만들어 주었어요. 산경이 끓여 준 불어 터진 라면을 먹으며, 봄이는 처음으로 누군가와 함께 있어도 괜찮다고 생각합니다. 버스 정류장이 닫혀 버린 봄이의 마음을 열게 해 주는 출발점이라면, 불어 터진 라면은 그 마음을 움직이게 한 첫걸음이었지요. 멈춤과 이동, 머무름과 떠남 사이에서 봄이는 서서히 문턱을 넘을 준비를 시작합니다.

산경과 가까워지며 봄이는 산경의 처지를 듣게 됩니다. 산경이는 고등학교 입학을 앞둔 겨울까지 할머니와 살았습니다. 할머니가 돌아가시자 당연한 수순인 것처럼 산경은 엄마 아빠가 있는 집으로 들어갔지요. 시간이 갈수록 산경에게 그곳은 "자신의 집이 아닌 것 같았"습니다. 그리고 "할머니와 함께한 모든 순간이 녹아 있는 집"(본문 46쪽)을 지키기로 결심합니다.

"우리 집이야. 이산경이 했던 말이 문득 떠올랐다. 혼자 지내더라도 이곳이 우리 집이라는 사실은 변하지 않아."(본문 96-97쪽)

산경의 집에서 하룻밤을 보낸 봄이는, 다음 날 갑작스레 나타난 산경의 엄마와 마주친 후, 말 한마디 없이 집을 나옵니다. 정류장으로 향하는 길 위에서 문득 떠오른 산경의 말을 곱씹지요. 봄이는 "난데없이 솟구치는 화를 이해할 수 없"(본문 97쪽)었습니다. 그 화는 누군가에게 느끼는 분노라기보다, 그동안 말할 수 없었던 감정들이 뒤엉켜 터져 나온 결과였습니다. 봄이의 마음속에는 자신이 어느 곳에도 속하지 못한 채 살아왔다는 외로움과 소속될 수 없을지도 모른다는 두려움, 누군가와 함께 '우리 집'을 만들고 싶었던 간절한 바람이 복잡하게 얽혀 있을테니까요.

이제 봄이는 '내 자리는 어디인지', '나는 어떤 마음을 품고 있는지'를 스스로 묻기 시작합니다. 그때, 버스 정류장에서 봄이는 "어제 봤던 여자애"(본문 97쪽), 여름이를 다시 마주칩니다.

아직 정류장에 머무는 마음

사실 봄이가 산경의 마음을 헤아릴 수 있었던 건, 자신 역시 엄마의 죽음을 충분히 애도하지 못한 채 이모 집에서 지내고 있었기 때문입니다. 7년 전, 엄마가 세상을 떠난 뒤 아빠와 여름이와도 떨어져 지내게 된 봄이는 삶의 터전 전체가 흔들리는 경험을 했습니다. 그 후의 시간은 정서적 공백기나 다름없었지요. 엄마의 죽음 이후, 자신의 슬픔을 말할 기회조차 없었습니다.

게다가 이모는 "이제 한봄으로 살 필요가 없으니 개명을 하자"(본문 105쪽)고 제안합니다. 새로운 가족의 일원으로 받아들여지려는 의도로 보였지만, 봄이에겐 이전의 기억을 지우라는 압박처럼 느껴졌지요. 이모는 나름대로 봄이를 돌보려 했지만, 어디까지나 생활의 안정을 중심에 두고 있었습니다. 막상 개명 신청도 너무 바쁘다며 계속 미뤘고요. 봄이는 그런 집에서 안정감과 외로움을 동시에 느끼며 살아갑니다. 말수가 적고, 감정을 쉽게 드러내지 않는 모습은 아마 그 불균형 속에서 자신을 지키기 위한 방식이었을지도 모릅니다.

봄이처럼 산경도 사랑하는 존재를 잃은 경험이 있습니다. 두 사람은 어른들이 쉽게 덮어 버리고 외면했던 상처를 서로 알아보며 서서히 마음을 열어 갑니다. 관계를 맺는 방식은 친구 세연과의 사이에서도 이어집니다. 처음엔 봄이의 반응을 고려하지 않고 다가오던 세연이 부담스러웠지만, 시간이 흐르며 봄이는 깨닫게 됩니다. 다름은 진심을 가리는 장벽이 아니라는 것을요. "단 한순간에도 친구가 될 수 있"(본문 185쪽)다는 사실은, 봄이에게 진심이 오가는 관계의 가능성을 일깨워 줍니다.

버스 정류장에서 우리 집으로

봄이는 산경, 세연, 여름과의 관계 속에서 조금씩 앞으로 나아가는 법을 배워 갑니다. 진짜 관계는 처음부터 완벽하고 능숙하지 않습니다. 오히려 서툴고 느리게, 서로를 기다려 주는 시간 속에서 만들어지지요.

봄이가 산경과 함께 진짜 ‘우리 집’에서 살기로 한 것도 결코 우연이 아닙니다. 흥미로운 점은 이들의 결정을 바라보는 어른들의 태도입니다. 개입하거나 강요하지 않고, 대신 한걸음 물러서서 믿고 기다려 주는 모습은 낯설지만 따뜻하게 다가옵니다.

앞으로 봄이는 상실의 흔적을 숨기거나 애써 지우지 않고 자기만의 방식으로 품으며 살아갈 것 같습니다. 봄이의 ‘우리 집’은 그저 물리적 장소가 아니라, 산경과 여름 그리고 세연 사이의 관계 자체를 의미하지요. 서툴더라도 스스로 가꾸고 선택한 공간이니, 그 자체로 특별한 의미를 지닙니다. 남들이 정해 주는 게 아닌, 나 스스로 만들어 가는 나의 삶을 살아가겠다는 다짐이자 선언이겠지요.

“엄마 생각은 여기, 우리 집”(본문 210쪽)에서 하겠다는 봄이의 말에서 우리는 깨닫게 됩니다. 일상 속 작은 공간과 그 안에서 나누는 사소한 이야기들이야말로 내 삶을 이루는 단단한 밑그림이라는 사실을요. 버스 정류장에서 우리 집까지, 머뭇거리고 흔들리던 여러 마음이 파란색 화살표를 따라가면 닿게 되는 곳, 그곳에 마침내 봄이가 찾아낸 ‘우리 집’이 있습니다.

저는 봄이처럼 버스 정류장이나 길가의 벤치에 오래 앉아 있
곤 하는 날이 많았습니다. 그냥 거기에 앉아 있으면 시간이 금
방 갔던 것 같아요. 이제 저는 특별한 경우가 아니라면, 버스 정
류장이나 길가의 벤치에 예전처럼 하염없이 앉아 있지 않습니
다. 그런데 길을 지나다닐 때 그 장소들은 꼭 눈에 들어오고, 그
러면 자연스레 고마운 마음으로 보게 됩니다. 한 시절의 저에게
그곳들은 꼭 필요한 장소였기 때문인 것 같습니다.

이 이야기도 버스 정류장에 혼자 앉아 있는 한 아이의 모습
에서 시작되었습니다. 교복을 입고, 머리를 한껏 숙인 채로 앉아
있는 모습에 눈이 오래 갔습니다. 어쩐지 기시감을 일으키는 그

모습은 제 마음속에 따로 흩어져 있던 것들을 하나로 모아 주었고, 흐름과 형태를 만들어 주었습니다. 신기했어요. 밖으로 풀어 보일 수 없을 거라 여기던 마음들이 우연하게 본 한 아이의 모습이 계기가 되어 꼴을 갖추어 가는 것이. 늘 제 안에 있었지만 한 번도 마주한 적 없는 아이가 마침내 이야기 속에서 살아나 스스로 말할 수 있게 된다는 것이. 이야기를 쓰는 것이 이런 거구나, 하는 경이를 처음 느꼈습니다.

곁에 있는 모든 것들이 저마다의 방식으로 연결되어 있고, 그것이 저의 안과 밖에 흔적을 남기므로 결국 제가 할 수 있는 일이란 그 흔적을 기록하는 일인 것을 알아 가는 중입니다. 정성을 다하여 그 흔적을 따라가다 보면, 저의 안과 밖에 서성대며 방황하던 것들도 봄이처럼 제자리를 찾아갈 것이라 믿고 있습니다. 그 믿음이 저를 쓰는 삶으로 이끄는 것 같아요.

그러므로 이 씀은 모두 저를 위한 일이지만 오직 저 하나만을 위한 일은 아니었으면 좋겠습니다. 두 손을 모아 빌어도 겨우 한 줌일 뿐인 이 바람이 어느 곳에라도 닿아 '내 마음이 내 마음만은 아니었다'는 것을 나아가, 우리는 모르는 채로 이어져 서로의 안녕을 바라고 있다는 것을 떠올리기를. 이 이야기가 읽히는 곳에서는 잠시나마 그런 순간이 찾아오길 바랍니다.

　가족들의 한결같은 배려와 다정한 친구들의 끝없는 격려 덕분에 긴 이야기를 완성할 수 있었습니다. 더 나은 이야기가 되도록 섬세하게 이야기를 살펴보고 질문해 주신 편집자님께도 고마움을 전합니다. 마지막으로 여기까지 읽어 주신 여러분, 감사드립니다.

2026년 1월,

김서나경

여기, 우리 집에서

1판 1쇄 발행　2026년 1월 10일

지은이　　김서나경

편집　　이혜재
디자인　　이지인
제작　　세걸음

펴낸이　　이혜재
펴낸곳　　책폴
출판등록　　제2021-000034호
전화　　02-911-9390
팩스　　0303-3447-9390
전자우편　　jumping_books@naver.com

©김서나경, 2026

ISBN 979-11-93162-55-2 (43810)

너와 나, 작고 큰 꿈을 안고 책으로 폴짝 빠져드는 순간

책폴

블로그　blog.naver.com/jumping_books
인스타그램　@jumping_books